O GRANDE LIVRO DE LIBRAS COM A TURMA DA MÔNICA

Izildinha Houch Micheski - Mauricio de Sousa

Dados Internacionais de Catalogação na Publicação (CIP) de acordo com ISBD

S725g Sousa, Mauricio de
   O Grande Livro de Libras Com a Turma da Mônica / Mauricio de Sousa. – Barueri, SP : Camelot Editora, 2023.
   128 p. ; 20,5cm x 27,5cm.

   ISBN: 978-65-85168-73-1

   1. Literatura infantojuvenil. 2. Libras. I. Título.

2023-2678
CDD 028.5
CDU 82-93

Elaborado por Odilio Hilario Moreira Junior - CRB-8/9949

Índice para catálogo sistemático:
1. Literatura infantojuvenil 028.5
2. Literatura infantojuvenil 82-93

Copyright © 2023 Priscilla Sipans e Izildinha H. Micheski
Direitos reservados e protegidos pela lei 9.610 de 19.2.1998. Nenhuma parte deste livro pode ser reproduzida, arquivada em sistema de busca ou transmitida por qualquer meio, seja ele eletrônico, xérox, gravação ou outros, sem prévia autorização do detentor dos direitos, e não pode circular encadernada ou encapada de maneira distinta daquela em que foi publicada, ou sem que as mesmas condições sejam impostas aos compradores subsequentes.
1ª Impressão em 2024

Presidente: Paulo Roberto Houch
MTB 0083982/SP

Edição: Priscilla Sipans
Conteúdo dos projetos: Izildinha Houch Micheski e Roberto Cardoso Matsuo.
Consultoria: Roberto Cardoso Matsuo e Tatiana Monteiro (Docente universitária surda)
Textos: Izildinha Houch Micheski

Vendas: Tel.: (11) 3393-7723 (vendas@editoraonline.com.br)

Impresso no Brasil.
Foi feito o depósito legal.

MATERIAL COMPLEMENTAR
ACESSE AQUI

Direitos reservados à
IBC – Instituto Brasileiro de Cultura LTDA
CNPJ 04.207.648/0001-94
Avenida Juruá, 762 – Alphaville Industrial
CEP. 06455-010 – Barueri/SP
www.editoraonline.com.br

Estúdios Mauricio de Sousa apresentam

Presidente: Mauricio de Sousa

Diretoria: Alice Keico Takeda, Mauro Takeda e Sousa, Mônica S. e Sousa

Mauricio de Sousa é membro da Academia Paulista de Letras (APL)

Diretora Executiva
Alice Keico Takeda

Direção de Arte
Wagner Bonilla

Diretor de Licenciamento
Rodrigo Paiva

Coordenadora Comercial
Alexandra Paulista

Editor
Sidney Gusman

Revisão
Daniela Gomes Furlan, Ivana Mello, Lina Gomes Furlan

Editor de Arte
Mauro Souza

Coordenação Administrativa do Estúdio
Irene Dellega, Maria A. Rabello

Coordenação de Arte-final
Tatiana Monteiro

Produtora Editorial
Juliana Bojczuk

Capa
Anderson Nunes, Mauro Souza

Desenho
Estúdio Mauricio de Sousa

Arte-final
Estúdio Mauricio de Sousa

Cor
Estúdio Mauricio de Sousa

Designer Gráfico e Diagramação
Mariangela Saraiva Ferradás

Supervisão de Conteúdo
Marina T. e Sousa Cameron

Supervisão Geral
Mauricio de Sousa

Condomínio E-Business Park - Rua Werner Von Siemens, 111
Prédio 19 - Espaço 01 - Lapa de Baixo - São Paulo/SP
CEP: 05069-010 - TEL.: +55 11 3613-5000

© 2023 Mauricio de Sousa e Mauricio de Sousa Editora Ltda.
Todos os direitos reservados.
www.turmadamonica.com.br

SUMÁRIO

IDENTIDADE
Meu lugar no mundo 4
Trabalhe a autonomia e a identificação do próprio nome com atividades divertidas
Meu nome.. 5
De quem é esse crachá?........................ 6
Jogo da memória....................................7
Decifrando um enigma........................... 8
Caça ao tesouro..................................... 8

FAMÍLIA
Este sou eu! 9
Confeccione com a turma um álbum no qual os alunos compreendam sua estrutura familiar e seus gostos pessoais
Um cartaz bem familiar......................... 10
Um álbum de fotos especial 11

MINHA IDADE
Quantos anos você tem? 12
Trabalhe a representação das palavras "ano", "idade", "eu" e "você" na Língua Brasileira de Sinais
Você e eu 12

MINHA CASA, MEU LAR
Lar, doce lar.. 13
Um divertido bingo ensina às crianças os sinais que representam os objetos de uma casa

ALFABETO COM ARTE
Alfabetização na Língua Portuguesa e LIBRAS para ouvintes............................ 14
Trabalhe o alfabeto e a Língua de Sinais com toda a turma e valorize a interação social

VIAJANDO NO UNIVERSO DAS LETRAS
Descubra o alfabeto.............................. 15
Amplie o conhecimento da garotada a respeito das letras e da Língua Brasileira de Sinais, com atividades como jogo de percurso e pintura
Alfabeto ilustrado 15
Jogo de palavras.................................. 16
Alfabeto na LIBRAS 16
Caçando e cruzando palavras 17

FRUTAS & CIA
Salada de frutas 18
Promova atividades divertidas com alimentos saudáveis e deliciosos!
Jogos com as frutas!............................ 19

MEIOS DE TRANSPORTE E MEIOS DE COMUNICAÇÃO
Adivinhou? 20
Jogos e enigmas para as crianças aprenderem formas diversificadas de comunicação

CORES
Elefante colorido, 1, 2, 3! 21
Ensine aos alunos os sinais das cores e desenvolva o gosto pelas artes

AFRICANIDADES
Faunas brasileira e africana 22
Faça novas descobertas e crie situações para discutir as semelhanças e as diferenças entre os animais do Brasil e da África
Jogo da memória com os animais do Brasil .22
Jogo da memória com os animais da África .23

OS IMIGRANTES
Brasil a todos os povos.........................24
Amplie a "leitura" de mundo das crianças, explicando-lhes as influências que as pessoas de outras nacionalidades exerceram sobre a formação cultural do nosso país
Minha origem 25
Povos do Brasil......................................25

AFETIVIDADE
Cada momento, um sentimento 26
Valorize a afetividade, que desenvolve um papel significativo no processo de desenvolvimento e aprendizagem da criança
Dado dos sentimentos.............................26

LIBRAS
Em tempos de inclusão.......................... 27
Utilize a história para criar dinâmicas que estimulem a aprendizagem e a comunicação na Língua de Sinais
Contando a história................................ 27

COMUNICAÇÃO E ÉTICA
Crianças cidadãs...................................28
Ensine os sinais sobre as necessidades básicas para a interação social
Indígenas na LIBRAS............................. 29
O que o coelho gosta de comer? 29
Caipirinhas na trilha............................... 30
Sinalização da Festa.............................. 30

ATIVIDADES, CARTAS E ENCARTES
Atividades 31
Cartas e encartes..................................45

IDENTIDADE

MEU LUGAR NO MUNDO

Trabalhe a autonomia e a identificação do próprio nome com atividades divertidas

O surgimento da LIBRAS – Língua Brasileira de Sinais deu uma "nova conquista" aos surdos. Antes disso, as pessoas com deficiência auditiva e surdas eram vistas, na maioria das vezes, como seres incapazes de se relacionar e considerados inferiores a outras pessoas.

Hoje, sabe-se que o surdo, como cidadão, pode, sim, falar, expressar-se, trocar ideias e até mesmo discursar, como qualquer ouvinte. O que muda é a modalidade de comunicação, própria e peculiar, que une a todos com a mesma especificidade: ser humano.

A construção da identidade se dá na interação e na comunicação com o outro. A troca é uma oportunidade de interagir, de "sair da concha" e vivenciar novas experiências. Assim, Língua e conhecimento andam juntos e são determinantes para a construção da cidadania da pessoa surda.

A seguir, confira neste belo projeto algumas sugestões para apresentar a Língua de Sinais à turma. Aprender o próprio nome em outra língua e participar de um divertido jogo incentiva a comunicação dos alunos ouvintes e surdos, e aproxima as duas culturas.

Eixos temáticos: Natureza e Sociedade, LIBRAS, Linguagens Oral e Escrita, Movimento, Matemática
Responsável: Izildinha Houch Micheski
Objetivo: trabalhar identidade, autonomia, nome próprio e a familiarização com os nomes dos amigos
Idade: a partir de 3 anos

Páginas: 31 e 32

IDENTIDADE

MEU NOME

Colocando em prática

Inicie o projeto ensinando o alfabeto datilológico, mostrando aos alunos a posição da mão e dos dedos para cada letra apresentada. Lembre-se de observar e respeitar a singularidade de cada criança. Considere que algumas podem apresentar mais habilidade, já outras necessitarão de brincadeiras que trabalhem os movimentos dos dedos, levando em conta casos de crianças com dedinhos mais curtos e gordinhos, ou ainda outras particularidades.

Materiais: alfabeto datilológico (pronto na seção **Cartas e Encartes**); canetinhas coloridas; papel kraft.

Páginas: 33 e 34

Os alunos vão desenvolver os movimentos diferenciados que definem o "jeito" de cada um, relacionando, a princípio, com a primeira letra do seu nome, partindo da construção da lista com a escrita coletiva dos nomes expostos em forma de cartaz ou na lousa.

Incentive a interação entre as crianças, principalmente se puderem contar com a presença de coleguinhas surdos que tenham familiaridade com a LIBRAS e possam multiplicar seus conhecimentos.

IDENTIDADE

DE QUEM É ESSE CRACHÁ?

Materiais: barbante; caixa de papelão; cartolina; cola; fotos dos alunos; furador de papel; tesoura com ponta arredondada.

Desenvolvimento

As cartelas com os nomes no alfabeto datilológico podem resultar em outras utilidades pedagógicas. Faça dois furos na extremidade superior dos cartões e passe um barbante, para confeccionar os crachás das crianças. Coloque-os em uma caixa e reúna a turma para a atividade.

Organize os alunos em círculo e peça que cada um retire um crachá de dentro da caixa, que deve estar disposta no centro da roda. Oriente-os a se levantarem e circularem pelo ambiente para procurar os donos dos crachás sorteados por eles. Quando encontrarem o colega cujo nome aparece em seu crachá, devem pendurá-lo em seu pescoço.

Se o grupo ainda não estiver bem integrado, prepare crachás com a foto e o nome de cada aluno, para que eles usem na realização da dinâmica. Para promover a socialização, inicie esse processo com a utilização dos crachás com fotos e, após uma semana, realize a atividade apenas com aqueles em que aparecem os nomes no alfabeto datilológico.

Ampliação

Faça um ditado de palavras com o alfabeto datilológico, executando os sinais com as mãos, brincadeiras de adivinhação, etiquetar os nomes dos objetos etc.

IDENTIDADE

JOGO DA MEMÓRIA E ASSOCIAÇÃO

Desenvolvimento

Para preparar o jogo da memória, confeccione cartinhas em cartolina, sendo cada uma com 8 cm x 10 cm, multiplicando-as de acordo com o número de crianças que participarão da atividade. Nos prontuários da secretaria da escola, solicite uma cópia da foto de cada criança. Depois, recorte cada foto e cole-a sobre o lado esquerdo superior de cada cartela feita em cartolina. Escreva o nome de cada criança, em letra bastão, abaixo de cada foto e reserve estas cartinhas. Providencie outro conjunto de cartinhas em cor diferente, sendo que cada carta deve conter o nome de cada criança com as letras do alfabeto datilológico.

Materiais: canetas hidrográficas coloridas; cartolinas brancas e coloridas; fita adesiva colorida; folhas de papel sulfite tamanho A4; fotos dos alunos; giz; modelo do alfabeto datilológico (pronto na seção **Cartas e Encartes**), tesoura com ponta arredondada.

Páginas: 31 e 32

Como jogar

Esse jogo é muito semelhante ao conhecido jogo de memória convencional, mas com um diferencial: o espaço na mesa ou no chão, em que os dois conjuntos de cartas serão expostos, deve ser dividido ao meio com fita adesiva colorida ou giz. No lado esquerdo, ficam as cartas com as fotos dos alunos e, do outro, as cartas com os nomes construídos com o alfabeto datilológico. Todas devem estar viradas para baixo.
Organize a turma em pares. Em seguida, peça que o primeiro a jogar vire uma carta do lado esquerdo, observe foto e nome e deixe-a exatamente no lugar em que estava posicionada. Então, ele deve fazer o mesmo com uma carta à direita da linha divisória, procurando, com a ajuda do parceiro, descobrir se a carta com o nome no alfabeto datilológico corresponde à outra carta virada. Se a dupla acertar a associação, fica com as cartas e marca ponto. Se a equipe não fizer o par, todo o grupo tem a oportunidade de reconhecer o nome que aparece em cada carta não correspondida e recolocá-las no mesmo lugar ocupado anteriormente, para facilitar a memorização.
Ao final, a turma precisará contar e registrar os pontos, comparar quem fez mais e menos pontos e quantas crianças faltaram. Sempre que surgir oportunidade, faça listas com a construção coletiva da escrita dos nomes e das palavras trabalhadas, além da reescrita e da releitura individual.

IDENTIDADE

DECIFRANDO UM ENIGMA

Desenvolvimento

Utilize recortes de figuras de propagandas de mercados ou de revistas para criar enigmas de palavras para a turma desvendar. Pense em palavras que sejam de conhecimento de todos os alunos e recorte figuras que representem as letras desses vocábulos.

Em seguida, cole uma ao lado da outra, com espaço considerável para colar a letra na Língua de Sinais que corresponde à primeira letra que dá nome à figura. Por exemplo: para a imagem de uma maçã, cole embaixo a mãozinha sinalizando a letra M; para a figura do olho, recorte a representante da letra O; para a imagem de uma TV, a da letra T; para a figura do ovo, a da letra O. Então, o enigma é desvendado e a palavra surge: MOTO. Auxilie as crianças a decifrar os enigmas e a fazer a transcrição da palavra para o alfabeto na Língua Portuguesa.

Materiais: cola bastão; encarte publicitário de supermercado; papel sulfite; risco do alfabeto datilológico (pronto na seção **Cartas e Encartes**); tesoura com ponta arredondada.

Páginas: 35 e 36

CAÇA AO TESOURO

Desenvolvimento

Utilize a sugestão da atividade anterior para os diversos campos semânticos. Faça brincadeiras com as crianças, como uma caça ao tesouro, na qual cada pista a ser seguida implica respeitar a figura e a mão sinalizando as letras na sequência alfabética que forem sendo descobertas.

Por exemplo: encontrar o desenho de um avião ou um avião de brinquedo, ou ainda a figura de uma abelha ou de um abacaxi. Compreende-se que começa por A. Então, os alunos devem observar que acima há uma seta indicando em que sentido devem seguir para encontrar a mãozinha representando a letra A, assim procedendo para todas as letras, até concluir o alfabeto. Ao final, encontrarão o tesouro, que pode ser uma caixa com pirulitos para todos com a identificação de seus nomes. Se alguém tentar queimar alguma etapa, convide todos para uma roda de conversa e explique a necessidade das regras. Coloque essas questões para que o próprio grupo reflita a respeito e retome a caça ao tesouro.

Materiais: caixa com pirulitos; cola; revistas; Cartas e Encartes do alfabeto datilológico (pronto na seção **Encartes**), tesoura com ponta arredondada.

Páginas: 35 e 36

FAMÍLIA

ESTE SOU EU!

Confeccione com a turma um álbum no qual os alunos compreendam sua estrutura familiar e seus gostos pessoais

Eixos temáticos: Natureza e Sociedade, Movimento, Linguagens Oral e Escrita, Matemática, Artes, LIBRAS.
Responsável: Izildinha Houch Micheski
Objetivo: criar atividades na Língua Brasileira de Sinais que estimulem os alunos a compreender o processo de socialização e a diversidade de estruturas familiares por meio do recurso de uma língua diversificada, na qual todos os cidadãos podem aprender a se comunicar e a interagir com naturalidade, estreitando a distância entre surdos e ouvintes.
Idade: a partir de 3 anos

FAMÍLIA

UM CARTAZ BEM FAMILIAR

Desenvolvimento

Peça que os alunos encontrem, em figuras de revistas, diferentes modelos de estruturas familiares. As crianças ajudam a identificar os componentes: a mamãe, o papai, a irmã, o irmão, o vovô, a vovó, o bebê e outros.

Oriente-as a comparar as figuras recortadas com as suas próprias famílias e, em seguida, ensine os sinais representados na Língua de Sinais. Recorte os encartes, cole-os em papel firme para garantir a durabilidade e entregue-os para cada aluno.

As figuras de revistas que foram trabalhadas devem ser colocadas em um painel com o seguinte título, em letra bastão: FAMÍLIAS E FAMÍLIAS. Cole a carta com a figura que representa a família na LIBRAS em cima de cada palavra, para ser deixada em exposição para visualização.

Materiais: canetinhas coloridas; cartas com sinais referentes ao tema "família" (prontas na seção **Cartas e Encartes**); cola bastão; papel-cartão; papel *kraft*; revistas; tesoura com ponta arredondada.

Páginas: 45 e 46

FAMÍLIA

UM ÁLBUM DE FOTOS ESPECIAL

Desenvolvimento

Peça para as crianças trazerem fotos delas e de suas famílias, em diferentes tempos da vida, para a confecção de um álbum.

A primeira folha deve ter a fotografia do aluno e, acima, a carta com o personagem ensinando a turma a expressar por sinais cada letra da frase "ESTE SOU EU". Abaixo da fotografia, novamente o personagem ensina a frase "MEU NOME É...", que o aluno completa com seu nome.

Na segunda folha, oriente-os a desenhar um bolo com a quantidade necessária de velinhas para representar a idade de cada aluno. Cole as cartinhas ao lado, dando continuidade às palavras escritas em letras bastão "EU TENHO...": uma com o menino mostrando o sinal "idade", outra representando o numeral e a terceira sinalizando a palavra "ANOS".

Na terceira folha, o aluno deve colar a foto da família e a carta que apresenta o sinal correspondente à língua de sinais.

Na folha seguinte, escreva em letra bastão a seguinte frase como título: "MEU BICHO DE ESTIMAÇÃO". Oriente as crianças a pesquisarem em casa uma foto ou ilustração de um animal que eles gostariam de ter e colem, junto à figura, o nome correspondente.

Na próxima folha, intitule, seguindo as instruções anteriores, com a frase "ESTA É A MINHA FAMÍLIA". Em seguida, o aluno ilustrará com a foto da família e a cartinha correspondente na língua de sinais. As crianças podem circular no grupo, apresentando os familiares e dando-lhes os sinais correspondentes.

Oriente-as a colocar setas de dentro da foto para fora, apontando cada componente. Na outra extremidade da setinha, peça que eles escrevam o nome de cada um, em letra bastão.

Siga essa sugestão e, com a garotada, defina o que mais pode compor esse álbum, que conta um pouco da história das crianças, acrescentando o que gostam de desenhar, colecionar etc. Cada um pode escolher o nome para o álbum, podendo também decorá-lo usando a técnica do *scrapbook*, aplicando figuras decorativas e muita criatividade.

Materiais: cola bastão; encartes do personagem ensinando a dizer "ESTE SOU EU", "MEU NOME É", "EU TENHO", "FAMÍLIA", "MEU BICHO DE ESTIMAÇÃO" (prontas na seção **Cartas e Encartes**); fotografias dos alunos e de suas famílias; lápis de cor; revistas; tesoura com ponta arredondada.

Página: 47

MINHA IDADE

QUANTOS ANOS VOCÊ TEM?

Trabalhe a representação das palavras "ano", "idade", "eu" e "você" na Língua Brasileira de Sinais

Eixos temáticos: Natureza e Sociedade, LIBRAS, Linguagens Oral e Escrita, Movimento, Matemática.
Responsável: Izildinha Houch Micheski
Objetivos: criar atividades na Língua Brasileira de Sinais que estimulem os alunos a compreender o início do seu processo de socialização e a diversidade de estruturas familiares existentes por meio do recurso de uma Língua diversificada, na qual todos os cidadãos podem aprender a se comunicar e a interagir com naturalidade, estreitando a distância entre surdos e ouvintes; desenvolver o raciocínio lógico-matemático.
Idade: a partir de 3 anos

Desenvolvimento

Depois de trabalhar letras, nomes e palavras sugeridas em diversos contextos, utilize os encartes e ensine os numerais e os sinais para os vocábulos "ANOS", "IDADE", "EU" e "VOCÊ".

Reúna a turma em uma roda de conversa e oriente um aluno a perguntar a idade ao amigo que estiver localizado à sua esquerda. Ele deve olhar para o colega, apontar o dedo em sua direção, sinalizar a palavra "VOCÊ" com expressão de interrogação e executar o sinal para a palavra "IDADE". O amigo deve apontar o dedo para si próprio, sinalizando a palavra "EU", representar com as mãos quantos anos tem e executar o sinal para expressar "ANOS".

Dando continuidade, aquele que respondeu dirige-se à criança também à sua esquerda e faz a mesma coisa, até que todos tenham participado.

Materiais: encartes dos numerais e das palavras "anos", "idade", "eu" e "você"; tesoura com ponta arredondada.

Páginas: 37 a 40

MINHA CASA, MEU LAR

LAR, DOCE LAR

Um divertido bingo ensina às crianças os sinais que representam os objetos de uma casa

Desenvolvimento

Ensine os sinais referentes ao tema "lar", assim como elementos da própria casa, móveis (mesa, cama etc.), eletrodomésticos e objetos mais comuns. Repita os sinais várias vezes, oportunizando que as crianças aprendam realmente e brinquem com os sinais para se apropriarem do conhecimento construído.

Sempre cole os encartes apresentados neste livro sobre papel firme antes de recortá-los, para maior preservação e utilização em outras dinâmicas. Nesta atividade, os encartes serão trabalhados paralelamente às figuras recortadas de folhetos de propaganda, as quais também devem ser coladas sobre papel firme.

Esse jogo assemelha-se ao bingo. Oriente a confecção da cartela em sulfite ou papel *kraft* na mesma medida. Cada criança deve preparar sua cartela com três quadrados na horizontal e três na vertical.

Entregue nove figuras recortadas das revistas para cada criança e guarde as suas ilustrações correspondentes em LIBRAS, sem repetição, em uma sacola. Quando se certificar de que os alunos já possuem o material, inicie o bingo. Sorteie uma carta e execute o sinal correspondente quantas vezes forem necessárias.

Estipule o tempo que considerar suficiente para que as crianças localizem a figura correspondente e colem-na dentro do quadriculado que escolheu na sua cartela. Quem conseguir completar primeiro uma fileira na horizontal, vertical ou diagonal vence a partida. Contudo, cuide para que todos, com tranquilidade e interagindo com os amigos, possam completar suas cartelas.

Ao concluir o jogo, trabalhe no caderno a lista com a escrita em letra bastão das palavras que nomeiam as figuras da atividade e outras que podem ser lançadas pelos alunos.

Reutilize o material como instrumento para criar outras situações de aprendizagem, como jogos de memória, associar fichas com ilustrações das mascotes que ensinam os sinais, organizando de forma que sejam duas fileiras distintas.

Eixos temáticos: Natureza e Sociedade, Movimento, Linguagens Oral e Escrita, Matemática, Artes, LIBRAS.
Responsável: Izildinha Houch Micheski
Objetivos: levar a criança a ampliar seu processo de leitura do mundo, começando pelo que está mais próximo, dentro do seu próprio lar, que muitas vezes não é notado devido à falta do exercício e da ressignificação do olhar. Isso pode ser construído na relação com o outro; no caso, a escola pode favorecer essa prática e conduzir a criança nesses primeiros passos subjetivados.
Idade: a partir de 3 anos

Materiais: cola bastão; encartes com os sinais da temática "Lar"; folhas de papel sulfite tamanho A4; papel-cartão; revistas; tesoura com ponta arredondada.

Páginas: 49 a 52

ALFABETO COM ARTE

ALFABETIZAÇÃO EM LIBRAS E NA LÍNGUA PORTUGUESA PARA OUVINTES

Trabalhe o alfabeto e a Língua de Sinais com toda a turma e valorize a interação social

Eixos temáticos: Natureza e Sociedade; Linguagens Oral e Escrita; Artes Visuais; Movimento; Identidade e Autonomia; Matemática; LIBRAS e Língua Portuguesa.
Responsável: Izildinha Houch Micheski
Objetivos: levar as crianças ouvintes ao conhecimento da escrita e do som das letras do alfabeto; trabalhar a sequência, a criatividade e a percepção, oportunizando o letramento; situar a escrita e sua função social no meio ambiente; apresentá-la como uma representação da linguagem e da comunicação presente em todos os contextos possíveis; desenvolver recursos alternativos e atraentes que despertem o desejo e o prazer pelo aprender; construir conceitos lógico-matemáticos por meio da sequência alfabética significativa e oportunizar o conhecimento da LIBRAS.
Idade: a partir de 3 anos

Desenvolvimento

Em uma roda de conversa, mostre as letras do alfabeto e, para os ouvintes, explique como elas passam pelo nosso corpo e se comportam na leitura. Trabalhe os movimentos que fazemos ao pronunciá-las, como a boca é aberta, os movimentos da língua quando bate no dente, o ventinho quando falamos "efe", a facilidade de abrir a boca ao dizer as vogais. Mostre como abrimos a boca grande quando falamos o "A" e como ela vai se fechando gradativamente ao dizer o "E", o "I", o "O" e, por último, fazemos um bico quase fechado para o "U". Explique que são essas letrinhas que darão o som para as sílabas e, consequentemente, para as palavras.

Explore também os desenhos que estão nas cartas do alfabeto (disponíveis na seção **Cartas e Encartes**), pois representam palavras que começam com a letra descrita.

Mostre uma letra por vez e, a cada uma, pergunte à classe se existe alguma criança cujo nome comece com aquela letra. Permita que se expressem, incentive-os e faça intervenções quando necessário.

Ampliação

Apoiados no alfabeto em LIBRAS apresentado na seção **Cartas e Encartes**, incentive as crianças a brincarem de forma que uma possa soletrar o nome da outra.

Cada um escreve o seu nome em uma tira de papel. Junte as tiras e peça que cada um sorteie um nome e o soletre em LIBRAS.

Materiais: alfabeto ilustrado (pronto na seção **Cartas e Encartes**); cola bastão; lápis de cor; papel-cartão; tesoura com ponta arredondada.

Páginas: 53 a 55

VIAJANDO NO UNIVERSO DAS LETRAS

DESCUBRA O ALFABETO

Amplie o conhecimento da garotada a respeito das letras e da Língua Brasileira de Sinais, com atividades como jogo de percurso e pintura

Eixos temáticos: Artes Visuais, Matemática, Movimento, Música, Natureza e Sociedade, Linguagens Oral e Escrita, e Identidade e Autonomia
Responsável: Izildinha Houch Micheski
Objetivos: desenvolver a criatividade; trabalhar a percepção tátil e a coordenação motora; oferecer às crianças o conhecimento das letras, preparando-as para a alfabetização contextualizada.
Idade: a partir de 3 anos

ALFABETO ILUSTRADO

Desenvolvimento

Recorte as cartas do alfabeto ilustrado (que está na seção **Cartas e Encartes**). Em uma roda de conversa, mostre uma ficha por vez aos alunos. Permita que eles busquem em suas experiências algum objeto, produto ou alimento cujo nome comece com a letra trabalhada. Deixe-os à vontade para se expressar, pois, mesmo antes de frequentar a escola, os pequenos já possuem a própria leitura de mundo.

Materiais: caixa de papelão quadrada; lápis de cor; pincel; alfabeto, pronto na seção Cartas e Encartes; tesoura com ponta arredondada.
Materiais alternativos: papel-cartão; tintas guache de cores variadas.

Páginas: 56 a 58

Quando se trata da criança ouvinte, é importante que, primeiro, o aluno estabeleça contato com o visual e o fonético, para que, depois, trabalhe-se a grafia da letra. Registre todas as observações e intervenha quando necessário. Para auxiliar na conversa, utilize um bicho de pelúcia pequeno e explique para a turma que, enquanto ele estiver na mão do amigo que está falando, os demais devem estar atentos. Ao terminar, o aluno passa o brinquedo para outra criança que queira opinar, permitindo, assim, o exercício de ouvir e falar, observar e aguardar seu momento de se expressar.

Durante a atividade, pergunte para as crianças se conhecem a letra A. Oriente-as a perceber se ela está no nome dos coleguinhas e dos familiares ou se já a observaram em embalagens. Com essas informações, escreva uma lista com as palavras citadas. Em seguida, oriente os alunos a pesquisar com seus familiares rótulos, embalagens vazias ou encartes que comecem com A e peça que levem à escola. Faça a mesma sequência de atividades para trabalhar as outras letras, até completar o alfabeto. Quando perceber que a turma se apropriou da letra, interiorizando esse conhecimento, ensine o sinal na LIBRAS contido na carta. Depois de trabalhar todas as letras, cole as fichas sobre papel-cartão e fixe-as na sala de aula.

VIAJANDO NO UNIVERSO DAS LETRAS

JOGO DE PALAVRAS

Desenvolvimento

Utilize os diagramas em Português e na LIBRAS (ambos estão na seção **Cartas e Encartes**), que, quando trabalhados em grupos, duplas ou individualmente, podem se transformar em brincadeiras desafiadoras e prazerosas.

Essas atividades auxiliam as crianças durante o processo de aprendizagem e as envolvem em um contexto significativo, permeado pela oportunidade da leitura e da escrita, sem medo de correr o risco de errar, fortalecendo a autonomia e a autoestima.

Os diagramas na LIBRAS ajudam no desenvolvimento da Língua de Sinais e agem como instrumentos para o processo de inclusão e compreensão da diversidade.

Materiais: caça-palavras; cruzadinhas e diagramas (prontos na seção **Cartas e Encartes**); borracha; cola branca; lápis preto; tesoura com ponta arredondada.

Páginas: 59 a 71

ALFABETO NA LIBRAS

Desenvolvimento

Mostre às crianças o alfabeto tradicional e sua versão na Língua Brasileira de Sinais – LIBRAS (disponíveis na seção **Cartas e Encartes**), apresentando uma letra por vez, assim como o sinal correspondente. Oriente-as, em seguida, a fazer a sinalização das letras com as mãos, conforme indicação.

Explique quando e por que a LIBRAS é utilizada, valorize e socialize os questionamentos, permitindo que o grupo faça seus levantamentos e elabore respostas.

Páginas: 72 a 74

Materiais: alfabeto em Português e em LIBRAS prontos na seção Cartas e Encartes); tesoura com ponta arredondada.

Em outro momento, oriente os alunos a identificar pessoas surdas no meio em que vivem e na escola. Caso não exista nenhuma, convide uma pessoa surda para demonstrar como ele se comunica usando as mãos. Enriqueça a abordagem com vídeos que tenham tradução simultânea para LIBRAS.

VIAJANDO NO UNIVERSO DAS LETRAS

CAÇANDO E CRUZANDO PALAVRAS

Desenvolvimento

Multiplique as cruzadinhas e os caça-palavras (ver seção **Cartas e Encartes**) e utilize-os com a turma em grupos, duplas ou individualmente. Esses jogos favorecem o desenvolvimento do processo de aprendizagem das crianças de maneira lúdica.

Materiais: borracha; caça-palavras e cruzadinhas (prontos na seção **Cartas e Encartes**); cola branca; lápis preto; tesoura com ponta arredondada.

Páginas: 74 a 79

FRUTAS & CIA

SALADA DE FRUTAS

Promova atividades divertidas com alimentos saudáveis e deliciosos!

Materiais: copos, pratos, potes e talheres de plástico; frutas da estação; ilustrações de frutas (prontas na seção **Cartas e Encartes**); papel-cartão.

Páginas: 80 a 82

Eixos temáticos: Natureza e Sociedade, Movimento, Linguagens Oral e Escrita, Música, Artes, LIBRAS
Responsável: Izildinha Houch Micheski
Objetivo: dinamizar o processo de alfabetização e letramento, desenvolvendo as percepções, as texturas e observando a diversidade de aromas, sabores e cores.
Idade: a partir de 3 anos

Desenvolvimento

Utilize as cartas que contêm ilustrações de frutas disponíveis, recorte-as e cole-as em papel firme. O próximo passo é combinar com as crianças e as famílias a elaboração de uma salada de frutas. Oriente para que os alunos observem cada fruta: o formato, a textura, o aroma. Cada sabor pode ser percebido e comentado na degustação, servida em potinhos ou copinhos plásticos com talheres no mesmo material.

Com base nos encartes, ensine o sinal de cada fruta e promova um ditado da lista desses alimentos, sinalizando cada um lentamente, para que as crianças aprendam. Outra sugestão é mostrar o sinal e solicitar que as crianças façam o desenho correspondente.

A construção da lista das frutas por meio da escrita coletiva do nome de cada uma é fundamental para preparar os alunos para um ambiente alfabetizador e para o letramento.

A preparação da salada de frutas pode contar com a colaboração de duas mães. Antecipando a merenda, você pode trabalhar com as crianças o desenho de observação de cada fruta.

Em outro momento, desenvolva uma brincadeira entre duas equipes, na qual uma desenvolve os sinais de uma fruta representada na carta que tem em mãos e a outra tenta descobrir qual é a fruta. Inverta os papéis. Quem tiver mais acertos, ganha.

FRUTAS & CIA

Ampliação

Para esta atividade, encontre uma pesquisa sobre as árvores frutíferas de cada região do país, a localização desses lugares no mapa e as possíveis receitas de doces, sucos, geleias, gelatinas e sorvetes.

JOGOS COM AS FRUTAS!

Desenvolvimento

Em uma roda de conversa, explique para as crianças sobre a comunicação dos surdos por meio da Língua Brasileira de Sinais e apresente as cartas com o personagem realizando o sinal de cada fruta. Ensine aos alunos como executá-los.

Uma vez que todos já aprenderam os sinais na atividade anterior, resgate esses conhecimentos. Ofereça as cartinhas com as frutas e três divisões, incluindo o personagem. Solicite que as crianças observem atentamente todas e, em grupo, procurem localizar a carta do sinal correspondente à fruta. Em seguida, oriente a colagem no espaço central da carta.

> **Páginas: 83 a 86**
>
> **Materiais:** cartas de LIBRAS (prontas na seção **Cartas e Encartes**); cola; papel-cartão; tesoura com ponta arredondada.

Ampliação

Você também pode construir listas de palavras e pesquisar sobre a época de cada fruta, suas vitaminas, seus benefícios para a saúde, de que forma são vendidas (se individualmente, por quilo ou dúzia) etc.

Todo o desenvolvimento dos projetos deve ser devidamente registrado com os recursos disponíveis, visando observar o progresso da criança e a construção dos seus saberes.

MEIOS DE TRANSPORTE E MEIOS DE COMUNICAÇÃO

ADIVINHOU?

Com jogos e enigmas para decifrar, as crianças aprendem formas diversificadas de comunicação

Materiais: cartas dos meios de transporte e comunicação (prontas na seção Cartas e Encartes); lápis de cor; tesoura com ponta arredondada.

Páginas: 87 e 88

Eixos temáticos: Natureza e Sociedade, LIBRAS
Responsável: Izildinha Houch Micheski
Objetivos: viabilizar a comunicação sem barreiras entre surdos e ouvintes; ensinar alguns sinais básicos.
Idade: a partir de 3 anos

Desenvolvimento

Ensine cada grupo de sinais de acordo com o campo semântico, como meios de transporte e de comunicação. Trabalhe as listas com a escrita coletiva e individual. Em seguida, oriente a criação das adivinhas e dos jogos para desenvolver os temas, como jogos de memória, dominó e de ligar as palavras.

Confeccione cartazes com adivinhas e o desenho da mascote realizando o sinal, e oriente as crianças para que executem o sinal e respondam ao desafio.

Construa textos e substitua algumas palavras pela carta enigmática com sinais. Os alunos deverão decifrar qual é a palavra que deve ser colocada no lugar e, em seguida, fazer a reescrita do texto. No lugar dos veículos ou meios de comunicação, devem constar cartas de sinais para serem interpretados. Todos devem reescrever a frase e executar os sinais correspondentes.

CORES

ELEFANTE COLORIDO, 1, 2, 3!

Ensine aos alunos os sinais das cores e desenvolva o gosto pelas artes

Desenvolvimento

Ensine os sinais das cores e depois peça para que as crianças encontrem na sala de aula objetos com as cores solicitadas por você. Os objetos devem ser depositados em uma caixa de papelão. Em seguida, faça uma tabela na lousa para relacionar as cores e os objetos encontrados, orientando a turma a fazer a lista também em seus cadernos.

Materiais: caixa de papelão; cartas das cores (prontas na seção **Cartas e Encartes**); tesoura com ponta arredondada.

Página: 90

Eixos temáticos: Artes Visuais, LIBRAS
Responsável: Izildinha Houch Micheski
Objetivos: desenvolver o gosto pela arte; promover o conhecimento da Língua de Sinais.
Idade: a partir de 3 anos

21

AFRICANIDADES

FAUNAS BRASILEIRA E AFRICANA

Desperte o desejo de fazer novas descobertas e crie situações para que a turma discuta as semelhanças e as diferenças entre os animais do Brasil e da África

Eixos temáticos: Artes Visuais, Matemática, Natureza e Sociedade e Linguagem Oral e Escrita
Responsável: Izildinha Houch Micheski
Objetivos: criar situações de aprendizagem por meio de uma língua diferenciada, com referenciais lúdicos; trabalhar as zonas real e proximal como recursos que permitem que as crianças conheçam as faunas africana e brasileira; despertar nos alunos o desejo de fazer novas descobertas
Idade: a partir de 4 anos

JOGO DA MEMÓRIA COM OS ANIMAIS DO BRASIL

Desenvolvimento

Providencie as cartas referentes a este jogo, de maneira que cada dupla de alunos receba um *kit* completo. Entregue as cartas às crianças e oriente-as para que as pintem. Então, ensine os sinais dos animais do Brasil na LIBRAS.

Para começar o jogo, solicite aos alunos que coloquem todas as fichas sobre a mesa com as figuras viradas para baixo. Eles devem decidir quem começa. Então, uma criança vira duas cartas, com o objetivo de formar um par. Se conseguir, marca um ponto, reserva as cartas para si e continua jogando. Caso não consiga, deixa as cartas no mesmo lugar e passa a vez para outro colega. Vence a brincadeira quem, ao final, fizer o maior número de pares. Após encerrar a atividade em sala de aula, entregue um jogo da memória para as crianças e incentive-as a jogar com a família.

Materiais: canetinhas coloridas; cartas do jogo (prontas na seção **Cartas e Encartes**); tesoura com ponta arredondada.

Páginas: 91 a 101

AFRICANIDADES

JOGO DA MEMÓRIA COM OS ANIMAIS DA ÁFRICA

Desenvolvimento

Viabilize as cartas referentes a esta atividade, de maneira que cada aluno receba um *kit* completo. Assim, ao final da atividade, as crianças podem levá-las para jogar com os familiares. Em sala de aula, oriente que os alunos se organizem em duplas e joguem somente com um jogo por equipe. Peça que pintem as gravuras e ensine os sinais na LIBRAS dos nomes dos animais do continente africano contidos nas cartas.

Oriente a turma a dispor as fichas sobre a mesa com as figuras viradas para baixo. Uma criança de cada vez deve virar duas cartas, na tentativa de formar um par. Caso consiga marcar ponto, deve reservar as cartas e continuar jogando. Senão, passa a vez ao colega e deixa as cartas no mesmo lugar. Vence o jogo o aluno que formar a maior quantidade de pares.

Materiais: canetinhas coloridas; cartas do jogo (estão prontas na seção **Cartas e Encartes**); tesoura com ponta arredondada.

Páginas: 91 a 101

OS IMIGRANTES

BRASIL A TODOS OS POVOS

Amplie a "leitura" de mundo das crianças, explicando as influências que as pessoas de outras nacionalidades exerceram sobre a formação cultural do nosso país.

Eixos temáticos: Artes Visuais, Matemática, Movimento, Música, Linguagens Oral e Escrita, Natureza e Sociedade e Identidade, e Autonomia
Responsável: Izildinha Houch Micheski
Objetivos: criar oportunidades para o letramento; colocar as crianças em contato com a diversidade de culturas que contribuíram para a formação do povo brasileiro; levar os alunos a pesquisar e conhecer a participação de seus antepassados nessa trajetória.
Idade: a partir de 3 anos
Conheça também o *site*: www.tarsiladoamaral.com.br

MINHA ORIGEM

Desenvolvimento

Em uma roda de conversa, apresente às crianças a tela *Operários*, de Tarsila do Amaral. Permita que elas observem e façam uma leitura crítica sobre a diversidade de etnias e a riqueza de detalhes da pintura. Oriente os alunos a pesquisar entre seus familiares qual sua ascendência, questionando se todos os antepassados nasceram no Brasil, ou se alguns imigraram de outros países.

Materiais: canetinhas coloridas; cartolina colorida; cola branca; fotografias; gravura da tela Operários, de Tarsila do Amaral; lápis de cor; tesoura com ponta arredondada.

Oriente-os a pesquisar sobre a história de como seus familiares chegaram ao Brasil e que contribuições trouxeram do país de origem, como a culinária, as músicas, as artes, as danças, os hábitos, os sotaques, as festas e as histórias que foram incorporadas à nossa tradição e fazem parte da cultura brasileira até os dias atuais. Estimule o olhar investigativo dos alunos para a obra de arte, levando-os a comparar a cor de pele e dos cabelos, as expressões, o formato do rosto, dentre outras características dos personagens desenhados. Pergunte à turma se encontraram na obra alguém que lembre um integrante da família, bem como quais das pessoas retratadas os impressionaram mais e por quê.

OS IMIGRANTES

Produção artística

Depois de explorar todas as possibilidades de trabalho com a pintura, explique às crianças que elas farão uma releitura artística da obra. Para isso, dias antes da realização da atividade, solicite aos alunos que tragam fotos dos familiares para a escola.

Tire cópia das fotografias e peça que a garotada as recorte, até a altura do busto. Depois, auxilie os alunos na reconstrução da tela por meio da colagem de cada representação. Oriente-os a desenhar e pintar os elementos de fundo. Após essa etapa, organize uma exposição para exibir os trabalhos da turma. Para essa ocasião, prepare uma lista com o nome de cada criança que participou da produção artística e coloque-a ao lado da obra. Crie um clima de cooperação e solidariedade para realizar essa tarefa, pedindo a participação de todos, e faça as intervenções quando necessário. Aproveite para trabalhar os sobrenomes e as origens dos alunos, com a escrita em letra bastão.

POVOS DO BRASIL

Desenvolvimento

Utilize o globo terrestre para explicar às crianças como ocorreu o processo de imigração no território brasileiro. Para isso, apresente e ensine os sinais dos países na LIBRAS, disponíveis na seção de **Cartas e Encartes**. Explique a todos que nas cartinhas estão as bandeiras de alguns países, dos quais um grande número de pessoas veio morar no Brasil, como Portugal, Itália, Japão e outros. Trabalhe os nomes das nações na LIBRAS (contidos nas fichas) e permita que as crianças tenham a oportunidade de aprender e ampliar os conhecimentos da nova língua, que faz parte da cultura dos surdos. Auxilie os pequenos também na confecção de uma lista com a escrita coletiva de cada país cujos povos imigraram para o Brasil. Após as dinâmicas, organize a Festa das Nações na escola e convide as famílias que possuem parentes de outras nacionalidades para contribuir. Elas podem trazer objetos e roupas, preparar um delicioso prato típico, apresentar uma dança, contar uma história popular, ensinar a fazer uma peça artesanal ou uma brincadeira tradicional, dentre outras possibilidades.

Materiais: canetinha preta; cartolina; fichas dos países em LIBRAS (prontas na seção **Cartas e Encartes**), globo terrestre; tesoura com ponta arredondada.

Páginas: 103 a 104

AFETIVIDADE

CADA MOMENTO, UM SENTIMENTO!

Valorize a afetividade, que desenvolve um papel significativo no processo de desenvolvimento e aprendizagem da criança.

Desenvolvimento

Cole as cartas das expressões no papel-cartão e recorte-as. Em uma roda de conversa, mostre as cartinhas, deixe que as crianças as observem e falem sobre as expressões faciais ilustradas e os sentimentos que elas traduzem. Questione-as sobre quais momentos podem ser representados com cada um dos sentimentos. Conduza a atividade, mostrando uma cartinha por vez.

Depois de explorar o tema, coloque as cartas em uma caixa decorada e inclua na rotina escolar um momento para que as crianças, uma a uma, escolham uma cartinha para expor seu sentimento naquele dia, por meio da expressão oral. Incentive a verbalização das emoções, pois ela será importante para direcionar as intervenções. Para isso, utilize os registros que irão compor o relatório e a ficha descritiva dos alunos. Depois de observadas as cartinhas, mostre as cartas com os sinais representados na LIBRAS, ensinando os alunos a executarem os sinais e explicando o significado dessa língua utilizada pelos surdos.

Materiais: cartas com as expressões e cartas com as representações em LIBRAS (prontas na seção **Cartas e Encartes**); cola branca; papel-cartão; tesoura com ponta arredondada.

Página: 109

Eixos temáticos: Natureza e Sociedade; Identidade e Autonomia; Artes Visuais; Matemática; Linguagens Oral e Escrita; Movimento
Responsável: Izildinha Houch Micheski
Objetivos: desenvolver a autoestima, valorizando os próprios sentimentos e os dos amigos; estimular a oralidade
Idade: a partir de 3 anos

DADO DOS SENTIMENTOS

Desenvolvimento

Cole o encarte do dado em papel-cartão, recorte-o e dobre-o conforme orientações do encarte. Em cada face, cole uma carta de expressão. Reúna os estudantes em uma roda e explique que, cada um, na sua vez, deve

Materiais: cartas com as expressões e cartas com as representações em LIBRAS (prontas na seção **Cartas e Encartes**); cola branca; dado (encarte para montagem pronto na seção **Cartas e Encartes**); uma foto 3x4 de cada criança; lápis preto.

Páginas: 105 a 107

jogar o dado e observar a expressão que está desenhada na face virada para cima. Então, o aluno verbaliza em quais situações ele demonstra aquele sentimento e o representa na LIBRAS, conforme o sinal indicado na carta correspondente. Incentive a turma a comentar e a contar alguma história que despertou tal sentimento, enriquecendo os relatos. Faça intervenções, considerando as crianças que têm dificuldade para se expressar oralmente.

LIBRAS

UMA HISTÓRIA PARA FAZER AMIGOS

Utilize a história para criar dinâmicas que estimulem a aprendizagem e a comunicação na Língua de Sinais. Autora: Izildinha Houch Micheski.

Materiais: alfabeto na LIBRAS e cartas com as ilustrações da história (prontos na seção **Cartas e Encartes**); tesoura com ponta arredondada.

Páginas: 110 a 114

Eixos temáticos: Natureza e Sociedade, Linguagem Oral e Escrita, Movimento, Identidade e Autonomia
Responsável: Izildinha Houch Micheski
Objetivo: trabalhar a diversidade e a inclusão considerando as singularidades de cada criança, favorecendo a construção de diálogos e a comunicação
Idade: a partir de 3 anos

Numa escola parecida com tantas outras, chegou uma aluna nova e surda, a Sueli. Ela foi recebida com muita alegria, mas terminou o dia triste, porque não entendia o que era combinado para as brincadeiras e acabava atrapalhando.

Percebendo isso, a professora Simone, com muito carinho, tranquilizou a classe e explicou que ela, com a ajuda da Sueli, ensinaria a todos a Língua de Sinais. A menina vibrou, pois também começaria a aprender mais sobre a sua própria língua.

Primeiro, foi o alfabeto em LIBRAS. Depois, cada aluno aprendeu a soletrar o seu nome e os dos demais, alguns cumprimentos, os nomes de brincadeiras e também alguns verbos simples, usados no dia a dia das crianças. Logo começaram a construir pequenos diálogos. Daí para frente, ninguém segurou mais aquela turma.

As crianças passaram a se comunicar, a ser mais solidárias e até a se interessar mais pelos estudos. Inclusive, já sabiam cantar músicas na Língua de Sinais.

CONTANDO A HISTÓRIA

Desenvolvimento

Conte a história e explique às crianças ouvintes que as pessoas surdas se comunicam por uma língua própria, a LIBRAS. Com essa língua, elas conversam, contam histórias, respondem perguntas, opinam, estudam, têm uma profissão e uma vida social. Em seguida, apresente os sinais pertinentes à história e volte a trabalhar o alfabeto na LIBRAS diariamente. Depois de explorar o tema, prepare uma representação teatral e deixe que os alunos escolham seus papéis. Quem não se sentir à vontade deve ser direcionados para outras contribuições.

Ampliação

Quando perceber que as crianças estão se apropriando dos sinais, amplie os diálogos. Oriente cada um a sinalizar uma frase, como "bom dia", e ensine cada sinal. Faça o mesmo com outras frases que podem ser criadas individualmente ou em duplas. Vá ampliando assim os diálogos para que as crianças aumentem seu repertório na LIBRAS e as incentive por meio de brincadeiras, jogos e interpretação de músicas folclóricas infantis.

COMUNICAÇÃO E ÉTICA

CRIANÇAS CIDADÃS

Ensine os sinais sobre as necessidades básicas para a interação social

Desenvolvimento

Ensine os sinais básicos do dia a dia, como ir ao banheiro, beber água, tomar banho, dormir, escovar os dentes, comer, respirar, pentear-se, rir, chorar, acordar, beber, brincar, brigar, pedir desculpas, pedir por favor, pedir licença, dizer oi, tchau, tudo bem, boa tarde, bom dia, boa noite, estudar, não poder etc.

Para isso, use as cartinhas prontas na seção **Cartas e Encartes** e oriente que os alunos, em duplas, façam uma dramatização utilizando os sinais aprendidos nessa sugestão, podendo incorporar outros já conhecidos. Oriente também a construção de textos escritos usando essas expressões.

Materiais: cartas (prontas na seção **Cartas e Encartes**); tesoura com ponta arredondada.

Páginas: 116 a 119

Eixos temáticos: Natureza e Sociedade, LIBRAS
Responsável: Izildinha Houch Micheski
Objetivos: viabilizar a comunicação sem barreiras entre surdos e ouvintes; ensinar alguns sinais básicos; trabalhar questões de valores para que as convivências sejam menos conflituosas
Idade: a partir de 3 anos

24 DE ABRIL DE 2002

A lei nº 10.436 é regulamentada, reconhecendo a LIBRAS como meio de comunicação oficial e legal no país.

INDÍGENAS NA LIBRAS

Desenvolvimento

Ensine às crianças os sinais na LIBRAS para a música dos indígenas, apoiados na letra da música e norteando-se pelas cartas disponíveis na seção **Cartas e Encartes**, que mostram a sequência da música.

COMUNICAÇÃO E ÉTICA

Materiais: cartas dos sinais em LIBRAS (prontas na seção **Cartas e Encartes**); tesoura com ponta arredondada.

Páginas: 120 a 122

Prepare a escrita da música, em letra bastão grande, dando um espaçamento considerável entre as linhas e as palavras. Cada frase deve ser trabalhada separadamente, para facilitar o desenvolvimento e a aprendizagem dos sinais em cada uma delas. Uma vez aprendidos os sinais correspondentes a cada parte escrita, posicione as crianças em duplas ou trios. Elas devem executar os sinais em série para você fotografar cada etapa.

Depois de registrar cada pose, escaneie as fotos de maneira que todos recebam material suficiente para reconstruir a música em um livrinho. Oriente os alunos para que colem ou escrevam uma frase da letra da música do lado esquerdo e, do lado direito, coloquem a foto correspondente. Esse procedimento deve ser repetido para todas as frases e imagens, até que a música esteja completa. Trabalhe, coletivamente, o nome da música e peça para os alunos identificarem suas produções, escrevendo também seus nomes.

Oriente-os na montagem do livrinho, permitindo que eles se arrisquem na tentativa de organizar a sequência das folhas. Feito isso, poderão colá-las para finalizar. Lembre-se sempre dos registros para não perder os detalhes sobre a observação de como a criança constrói os seus saberes.

Esses livrinhos, juntamente às demais produções, podem ganhar espaço e importância em uma mostra extensiva aos familiares, criando, assim, oportunidades para que se fortaleçam os vínculos na construção da aprendizagem da criança. Isso é muito saudável para o desenvolvimento cognitivo e para o fortalecimento da autoestima dos pequenos, pois, assim, estarão mais preparados para se expor às novas possibilidades de aprender.

O QUE O COELHO GOSTA DE COMER?

Desenvolvimento

Para marcar a celebração da Páscoa, ensine para os alunos os numerais de 1 a 13 na LIBRAS. Quando se certificar de que todos se apropriaram desse conhecimento, oriente-os no desenvolvimento da atividade ligue-ligue, que está na seção **Cartas e Encartes**. Permita que observem o desenho, para que reconheçam os numerais trabalhados anteriormente. Questione a turma sobre o que eles acham que o coelhinho gosta de comer. Então, oriente-os a ligar os pontos para descobrirem qual é a comida favorita do bichinho. Após essa etapa, disponibilize lápis de cor e canetinhas e solicite que pintem o desenho. Para finalizar, peça que o colem no caderno.

Materiais: canetinhas coloridas; lápis de cor; risco do ligue-ligue da cenoura (está pronto na seção **Cartas e Encartes**); tesoura com ponta arredondada.

Página 123

29

COMUNICAÇÃO E ÉTICA

CAIPIRINHAS NA TRILHA

Desenvolvimento

As festas juninas também são ótimas oportunidades para ampliar os conhecimentos da LIBRAS. Divida a classe em grupos de quatro alunos e disponibilize o tabuleiro que está na seção **Cartas e Encartes**. Peça às crianças que tragam de casa, na data estipulada, tampas de garrafa PET. Recolha-as e, no dia da dinâmica, distribua quatro delas, de cores variadas, para cada grupo. Explique que elas serão utilizadas para representar os pinos.

Utilize, também, o molde da página 107 para confeccionar um dado. Recorte círculos de papel-espelho e cole-os em três das faces do dado, de maneira a formar as quantidades um, dois e três. Deixe as outras três faces do dado em branco. Ensine os sinais em LIBRAS correspondentes aos numerais e deixe que as crianças decidam quem inicia o jogo. O jogador lança o dado e anda a quantidade de casas correspondentes ao numeral que tirou. Caso tire uma face em branco, a criança passa a vez para o colega. Vence o jogo quem chegar primeiro ao numeral 9.

A cada casinha conquistada, o aluno faz o sinal do numeral que a identifica. Com essa atividade, é possível interagir na construção do conhecimento, ampliar os recursos de comunicação, oportunizar o contato com uma nova língua e desenvolver a construção do conhecimento lógico-matemático.

Materiais: cola branca; papel espelho; papel *kraft*; risco da trilha (está pronto na seção **Cartas e Encartes**); tampas de garrafa PET coloridas; tesoura com ponta arredondada.

Páginas 107 e 124

SINALIZAÇÃO DA FESTA

Desenvolvimento

Recorte as ilustrações referentes a esta atividade que estão na seção **Cartas e Encartes**, entregue-as às crianças e oriente a pintura.

Trabalhe com elas os sinais na LIBRAS contidos nos encartes e explique que as placas devem ser usadas para identificar as barracas na festa junina, como as de pipoca, de milho, de cachorro-quente, de pescaria, entre outras.

As figuras podem ser coladas no centro de um retângulo de papel-cartão colorido, deixando uma moldura, para destacar. Com isso, é possível ampliar a comunicação entre os ouvintes e a cidadania surda, promovendo, assim, a interação social.

Materiais: canetinhas coloridas; riscos das placas de sinalização (estão prontos na seção **Cartas e Encartes**); tesoura com ponta arredondada. Material alternativo: papel-cartão.

Página: 125

ATIVIDADES

ATIVIDADE DO PROJETO "MEU LUGAR NO MUNDO", DA PÁGINA 4.

PREENCHA OS ESPAÇOS COM AS LETRAS CORRESPONDENTES AOS SINAIS MARCADOS COM PONTOS E AJUDE A MÔNICA A FORMAR O NOME DE UMA PROFISSÃO!

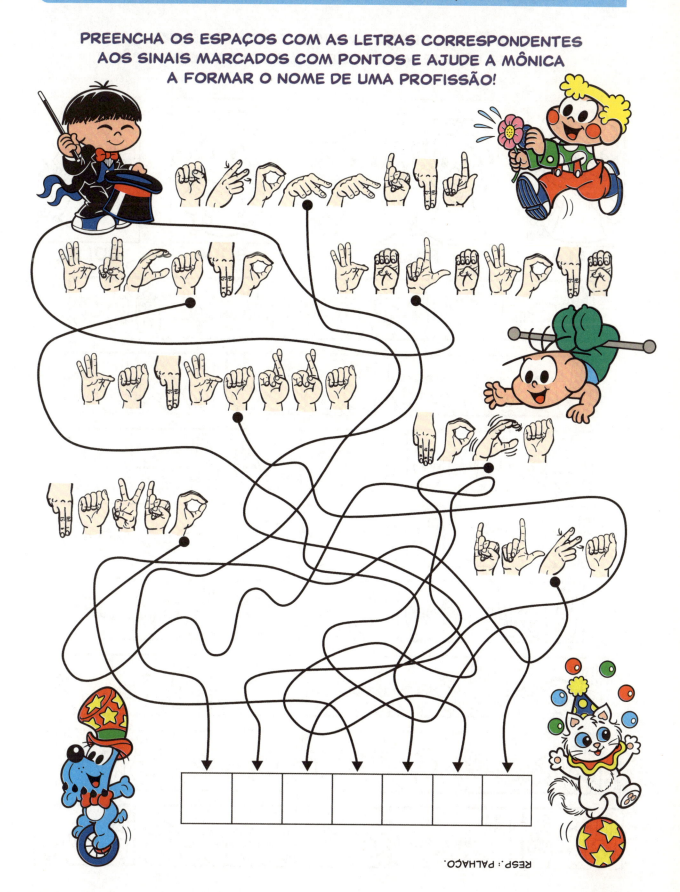

RESP.: PALHAÇO.

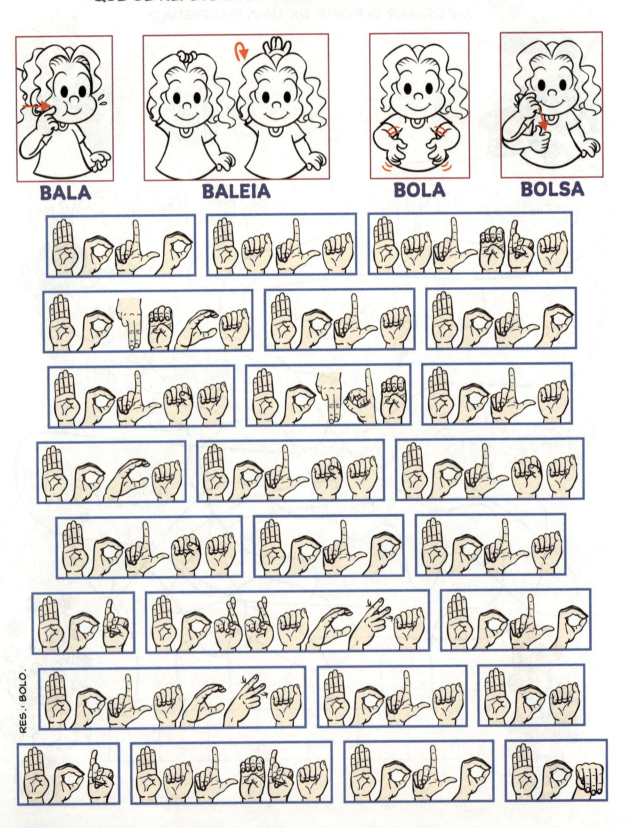

ATIVIDADE DO PROJETO "MEU LUGAR NO MUNDO", DA PÁGINA 5.

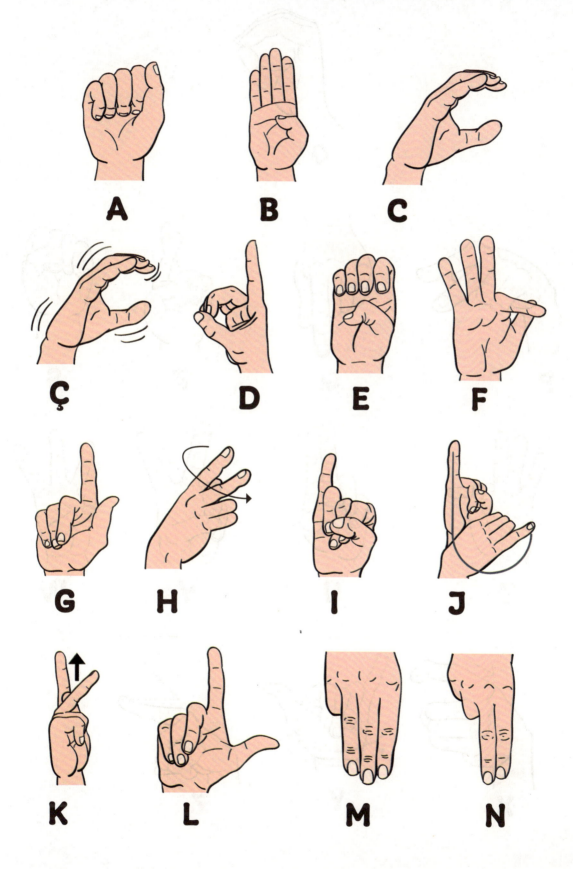

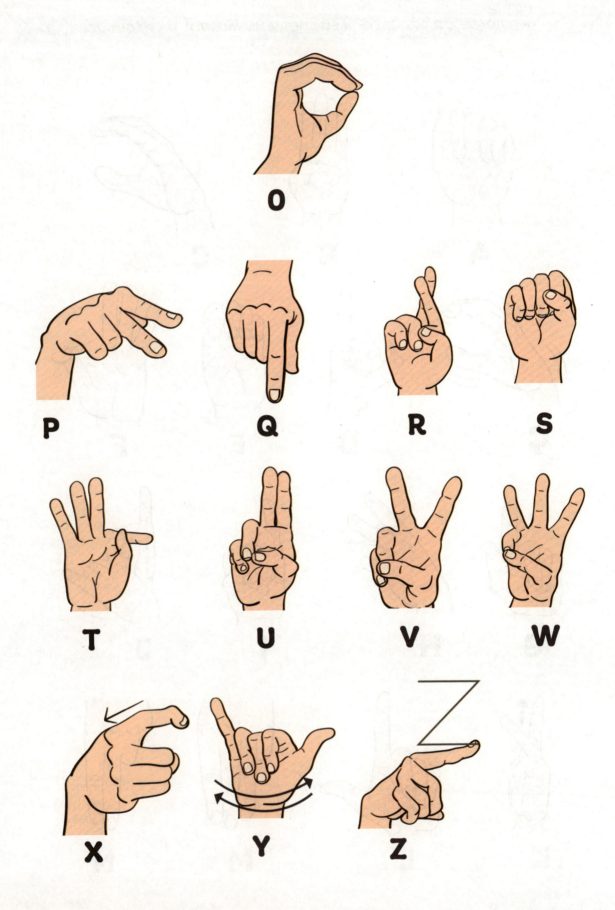

ATIVIDADE DO PROJETO "ESTE SOU EU!", DA PÁGINA 9.

MAGALI TROUXE UMA ATIVIDADE BEM DIVERTIDA: ESCREVA NO CENTRO DO DIAGRAMA AS LETRAS QUE MAIS SE REPETEM EM CADA UM DELES. ASSIM, VOCÊ DESCOBRIRÁ O NOME DO ANIMAL ABAIXO!

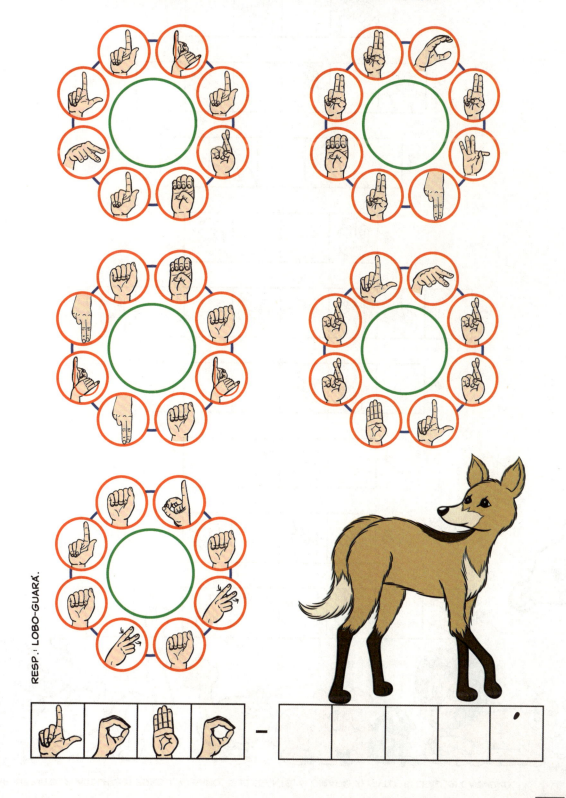

RESP.: LOBO-GUARÁ.

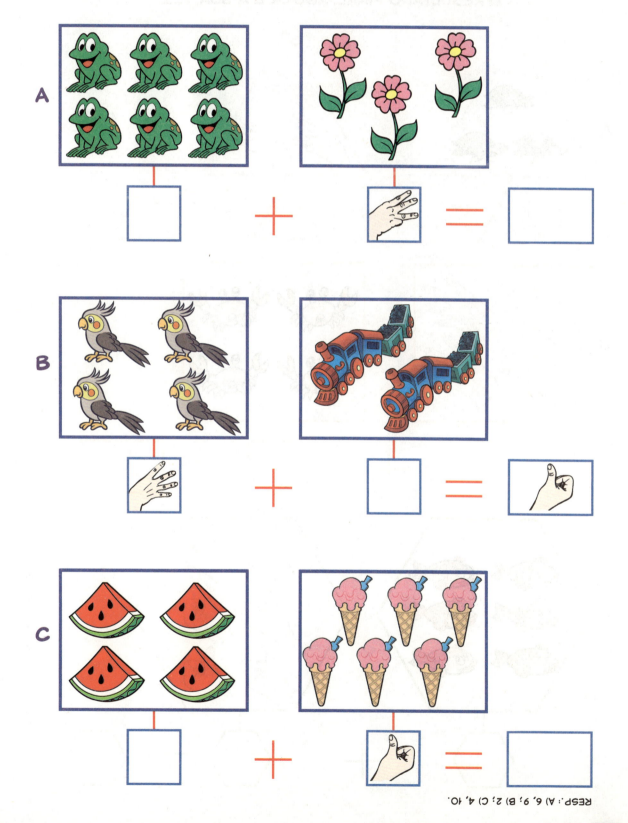

ATIVIDADE DO PROJETO "QUANTOS ANOS VOCÊ TEM?", DA PÁGINA 12

CASCÃO E MAGALI JÁ APRENDERAM A CONTAR OS DESENHOS, REPRESENTAR OS NUMERAIS E DAR O RESULTADO FINAL. AGORA É A SUA VEZ!

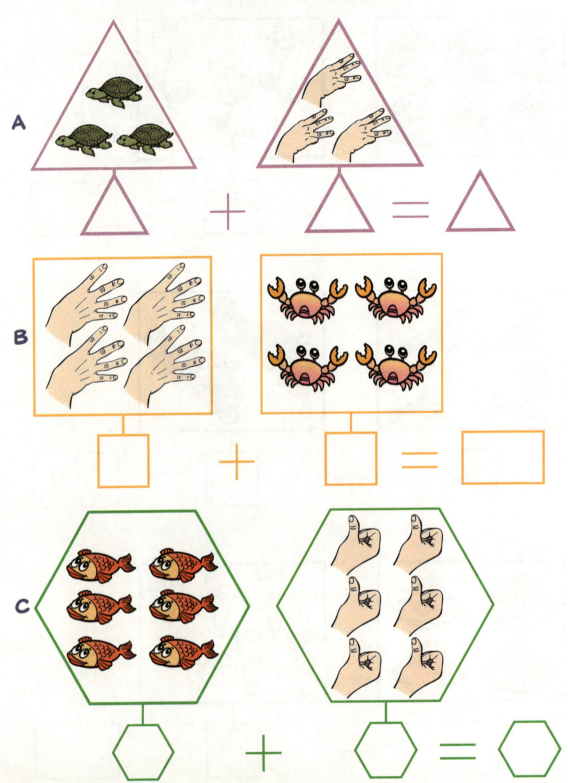

RESP.: A) 3, 9, 12; B) 16, 4, 20; C) 6, 36, 42.

DESAFIO PARA APRENDER MAIS

DESCUBRA QUANTAS VOGAIS E CONSOANTES APARECEM NAS PALAVRAS ABAIXO. DEPOIS, REGISTRE OS NUMERAIS CORRESPONDENTES A CADA QUANTIDADE E, AO FINAL, O TOTAL DE LETRAS.

	PALAVRAS	VOGAIS	CONSOANTES	TOTAL
A				
B				
C				
D				
E				
F				
G				
H				
I				
J				

RESP.: A) 3, 5, 8; B) 3, 3, 6; C) 2, 3, 5; D) 2, 4, 6; E) 4, 5, 9; F) 5, 4, 9; G) 4, 4, 8; H) 3, 3, 6; I) 2, 2, 4; J) 3, 4, 7.

DESAFIO PARA APRENDER MAIS

ZÉ LELÉ FEZ UMA BRINCADEIRA BATUTA COM OS ANIMAIS LÁ NA FAZENDA. AJUDE-O A SOMAR OS NUMERAIS DOS CÍRCULOS, SEGUINDO UMA TRILHA DE CADA VEZ. O BICHINHO QUE SOMAR O MAIOR NÚMERO CHEGA PRIMEIRO AO PRÊMIO. QUEM SERÁ?

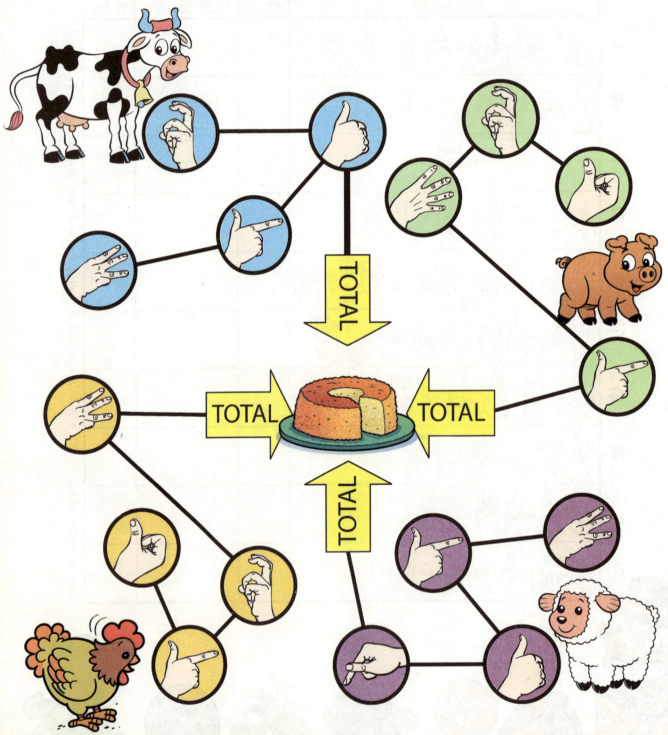

RESP.: PORCO = 17.

ATIVIDADE DO PROJETO "SALADA DE FRUTAS", DA PÁGINA 18

MAGALI TEM UMA TAREFA DELICIOSA PELA FRENTE: DESEMBARALHAR AS LETRAS E DESCOBRIR OS NOMES DAS FRUTAS SINALIZADAS E ESCREVÊ-LAS. VAMOS AJUDÁ-LA?

1. _____

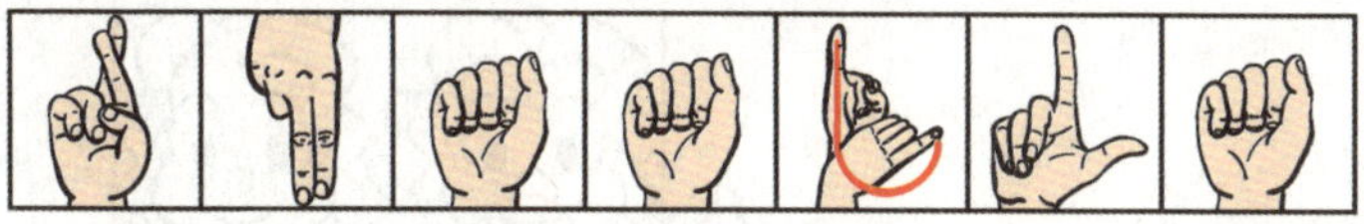

2. _____

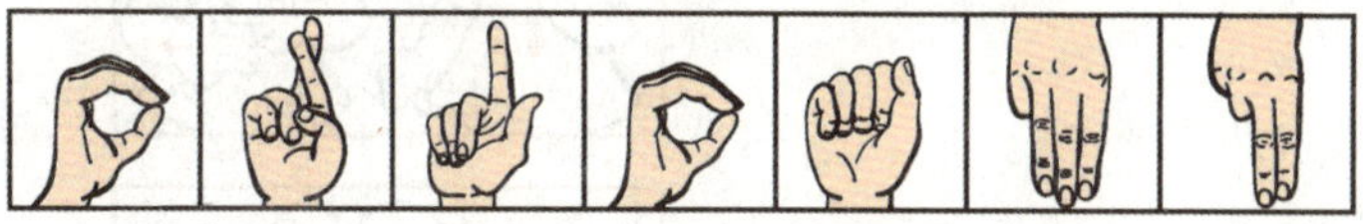

3. _____

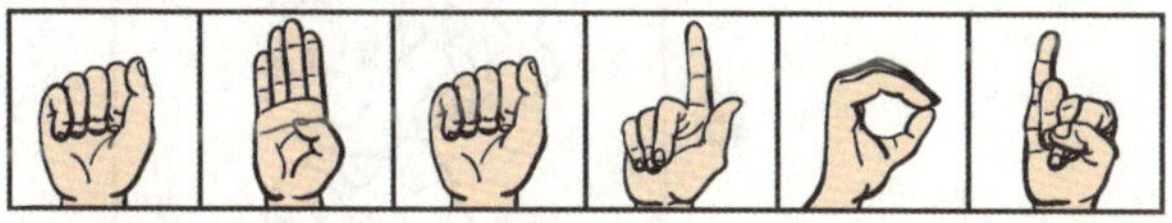

4. _____

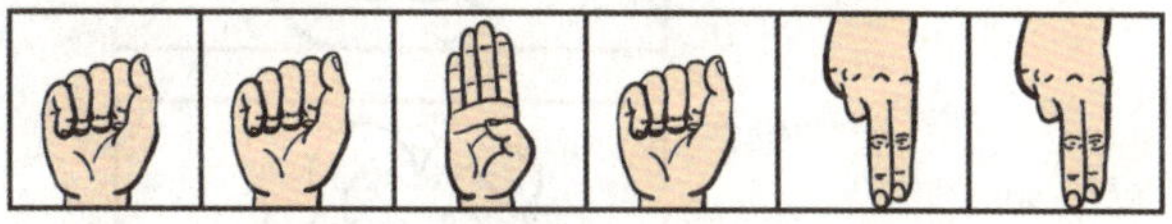

5. _____

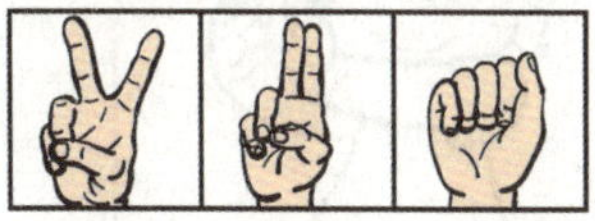

6. _____

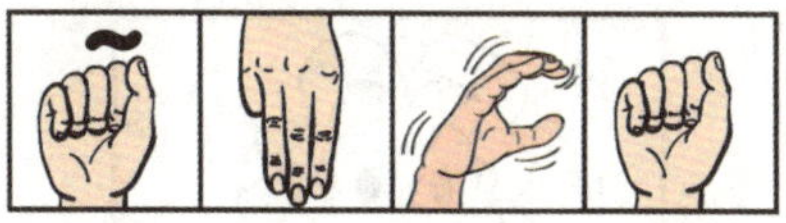

7. _____

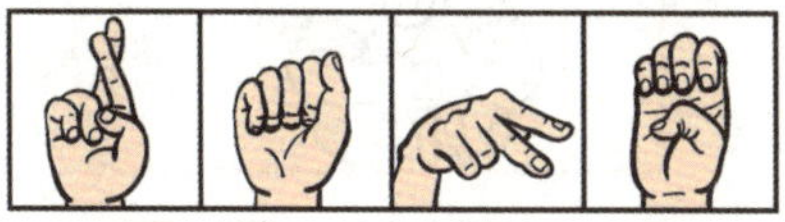

8. _____

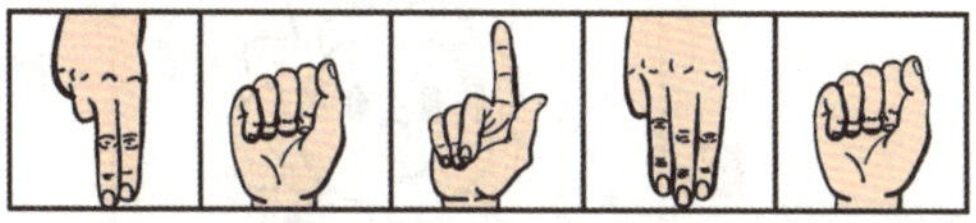

9. _____

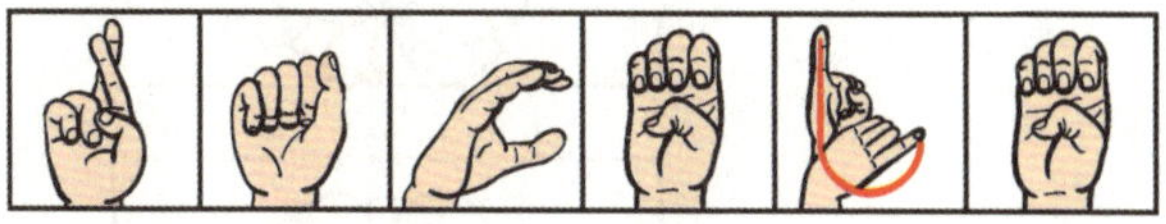

10. _____

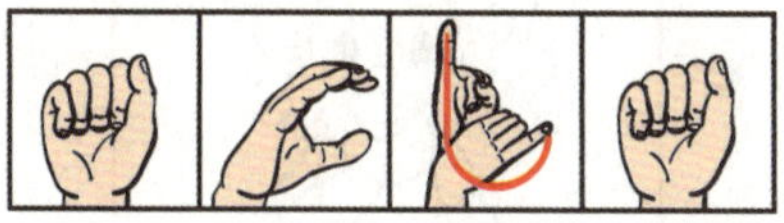

RESP.: 1) LARANJA, 2) MORANGO, 3) GOIABA, 4) BANANA, 5) UVA, 6) MAÇÃ, 7) PERA, 8) MANGA, 9) CEREJA, 10) JACA.

ATIVIDADE DO PROJETO "SALADA DE FRUTAS", DA PÁGINA 18

MAGALI TROUXE MUITAS FRUTAS PARA DIVIDIR COM SEUS AMIGOS NA HORA DO RECREIO. MAS, ANTES, VAMOS AJUDÁ-LA A LIGAR OS DESENHOS AOS SINAIS CORRESPONDENTES?

RESP.: 1-F, 2-C, 3-D, 4-E, 5-B, 6-A.

ATIVIDADE DO PROJETO "ELEFANTE COLORIDO 1, 2, 3 !", DA PÁGINA 21

AMARELO   **AZUL**   **BRANCO**

CINZA   **LARANJA**   **MARROM**

    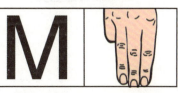

43

ATIVIDADE DO PROJETO "ELEFANTE COLORIDO 1, 2, 3!", DA PÁGINA 21

CARTAS E ENCARTES

CARTAS DO PROJETO "ESTE SOU EU!", DA PÁGINA 9

EU — E

ANO — A

IDADE — I

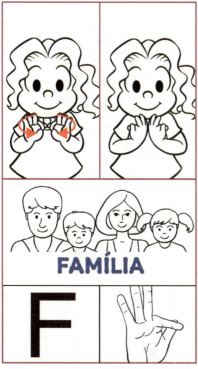
FAMÍLIA — F

PAPAI — P

MAMÃE — M

45

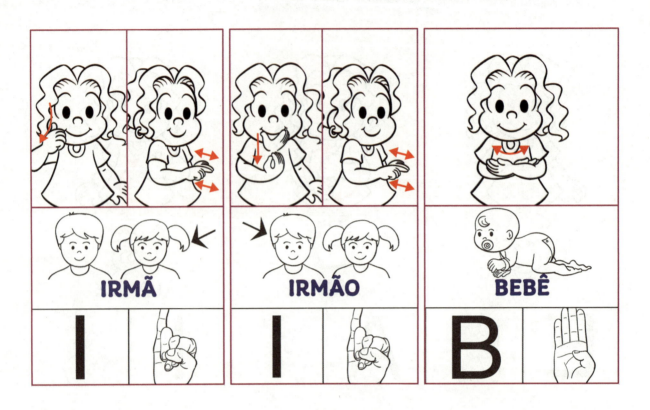
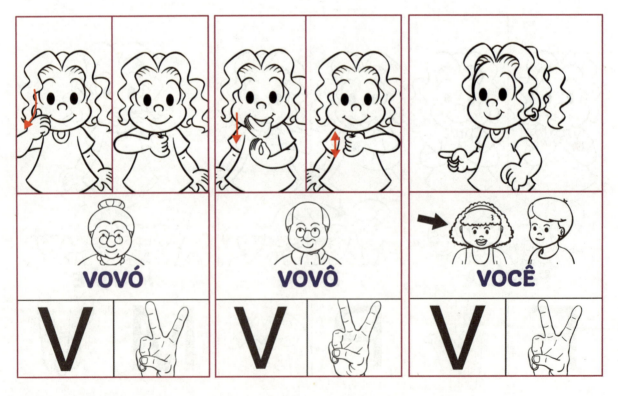

CARTAS DO PROJETO "UM ÁLBUM DE FOTOS ESPECIAL", DA PÁGINA 11

MEU NOME É

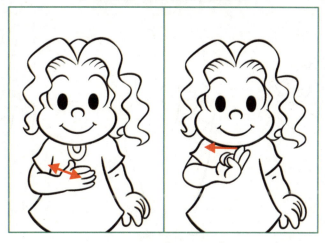

EU TENHO

MEU BICHO DE ESTIMAÇÃO

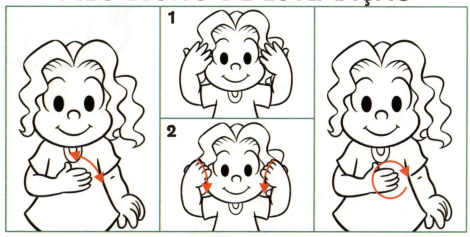

CARTAS DO PROJETO "QUANTOS ANOS VOCÊ TEM?", DA PÁGINA 12

IDADE/QUANTIDADE

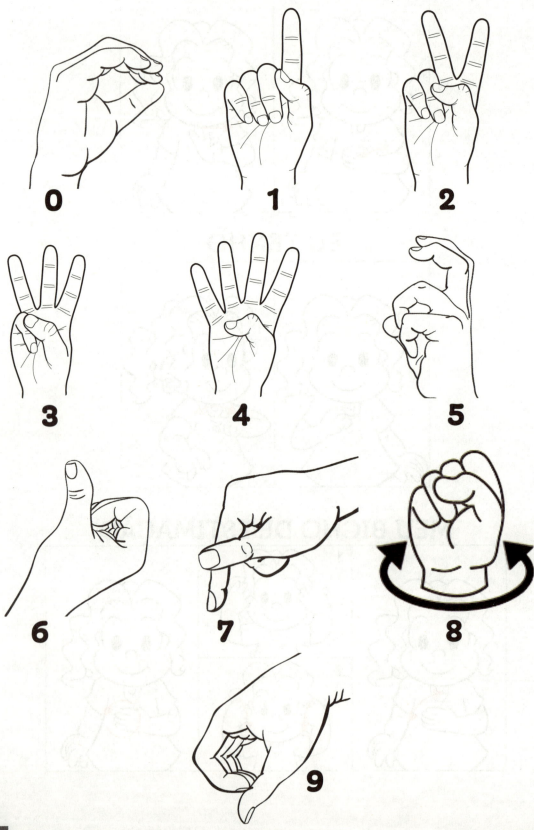

CARTAS DO PROJETO "LAR, DOCE LAR", DA PÁGINA 13

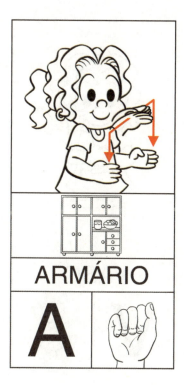
ARMÁRIO — A

BANHEIRO — B

BERÇO — B

ESPELHO — E

SALA — S

PORTA — P

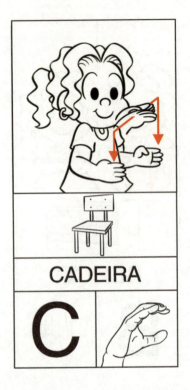
CADEIRA — C

CAMA — C

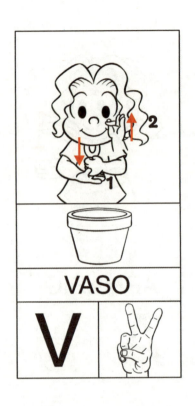
VASO — V

GELADEIRA — G

FOGÃO — F

CASA — C

CHUVEIRO
C

COZINHA
C

SOFÁ
S

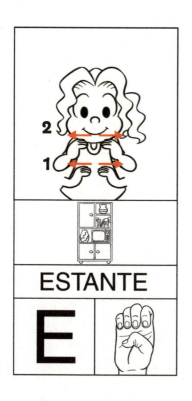
ESTANTE
E

JANELA
J

MESA
M

GUARDA-ROUPA

G

ABAJUR

A

PIA

P

CARTAS DO PROJETO "ALFABETIZAÇÃO NA LÍNGUA PORTUGUESA E LIBRAS PARA OUVINTES", DA PÁGINA 14

A

B

C

D

E

F

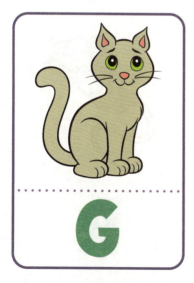
G

H

i

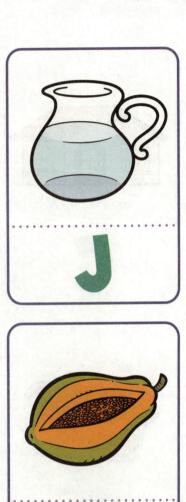
J

K

L

M

N

O

P

Q

R

CARTAS DO PROJETO "ALFABETO ILUSTRADO", DA PÁGINA 15

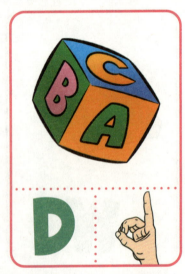

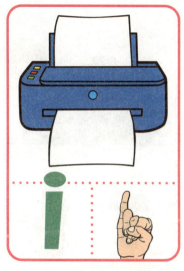 I
 J
 K
 L
 M
 N
 O
 P
 Q

R

S

T

U

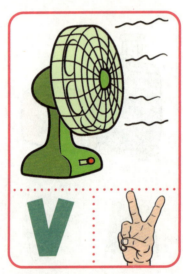
V

W

X

Y

Z

ENCARTES DO PROJETO "JOGO DE PALAVRAS", DA PÁGINA 16

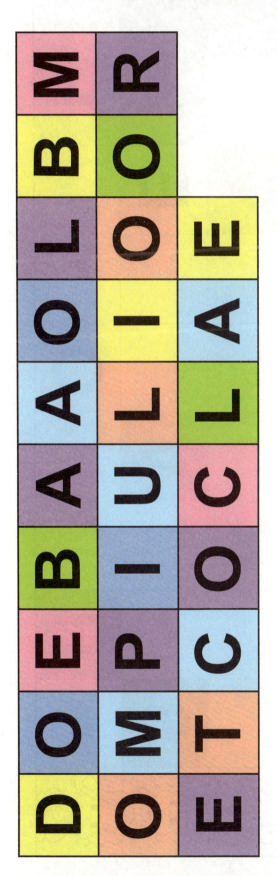

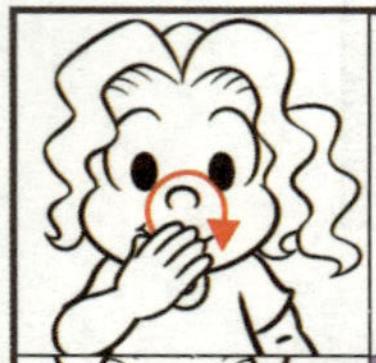			C		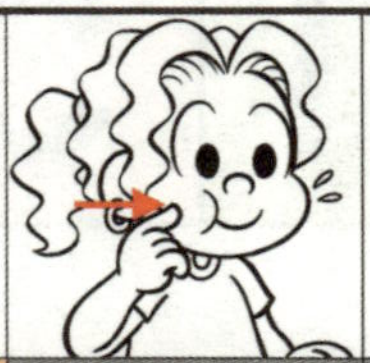			L	
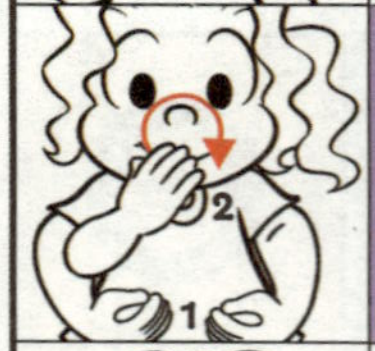	B			O					
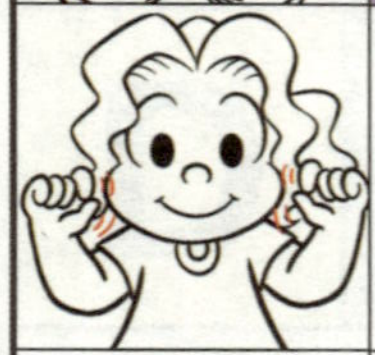		O		B					
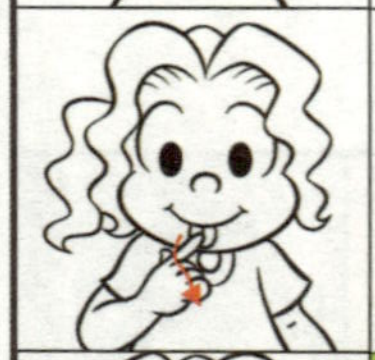			R				T		
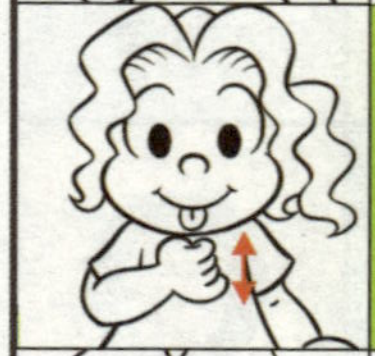	S			V			E		
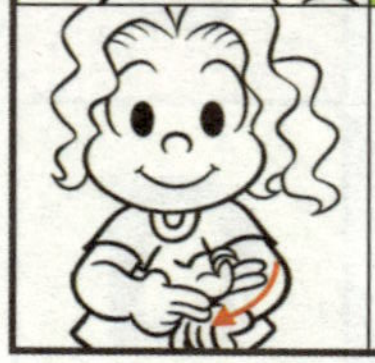		H			O			T	

L					T
			T	E	
					O
	O	B		V	
C			R		
		O			H
	B			S	

L	U	A	E	T	A	C	D	E
R	E	S	S	T	D	T	E	R
O	F	S	R	L	N	H	H	

62

63

					O	
		A		N		
		I			E	
S			A	U		C
	N					
O		A		S		A
	C		M		P	

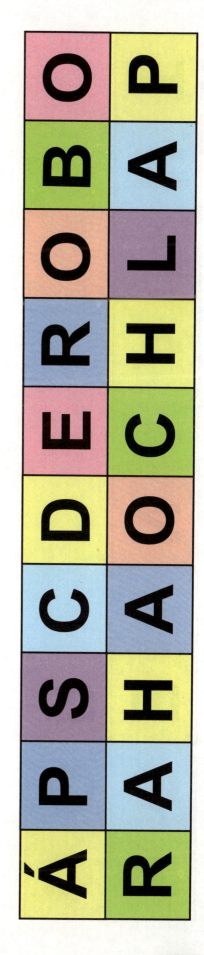

T		
N		
P		
A		
A		
N		
I		
E	R	
C	O	
N	D	

V	A	A
L	C	M
L	N	S
S	B	U
A	O	A
O	H	P
B	H	I
I	I	I
A	R	O
A	R	
M	C	S
		Ô

	N			L		
		C				A
I			I		T	
	A	R		I		O
L					T	
			M	3X	3X	
3X						

	N	C		L		A
			I			
I					T	
		R				O
	A			I		
L			M		T	

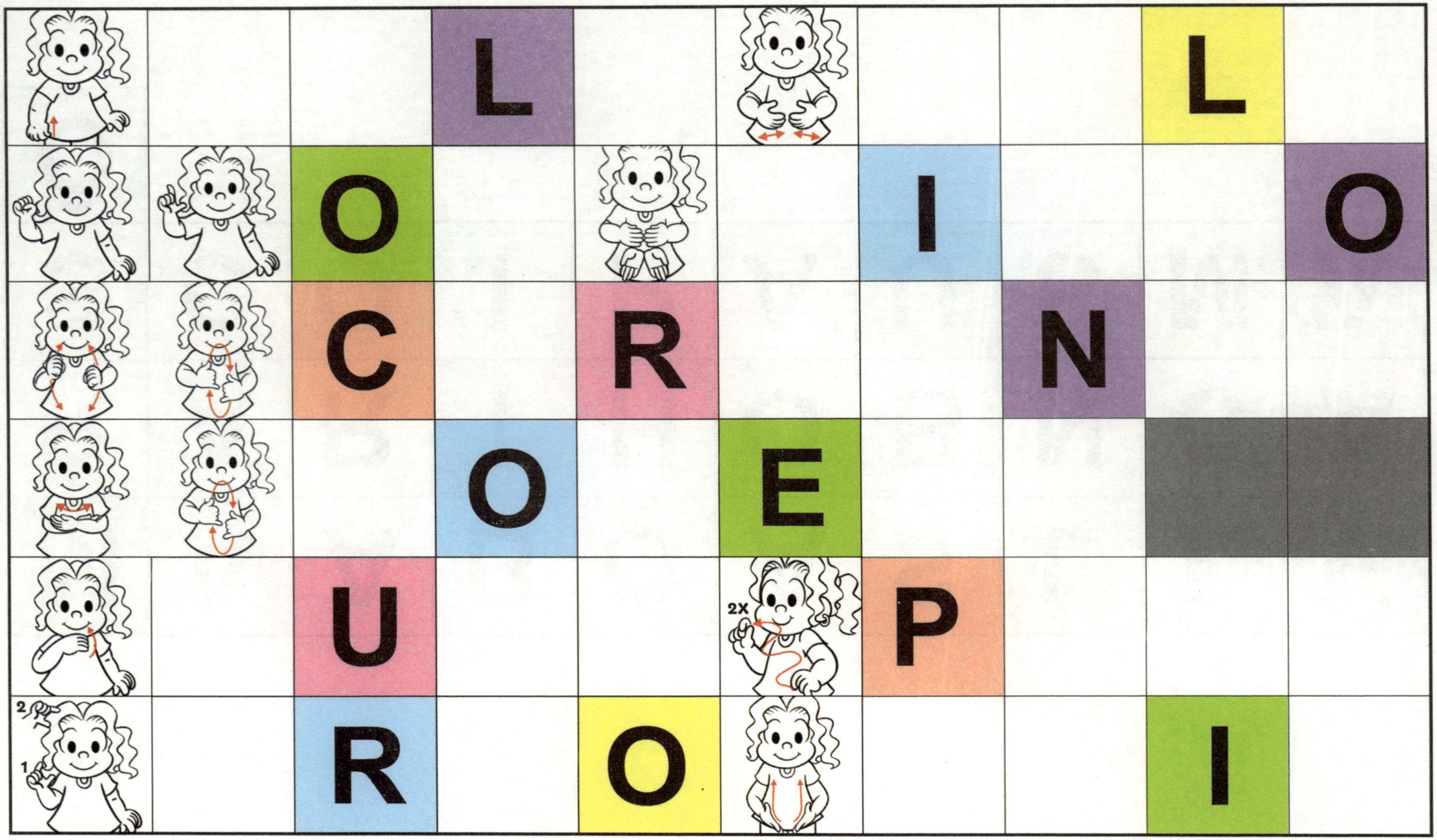
L
L
O
I
O
C
R
N
O
E
U
2X
P
2
1
R
O
I

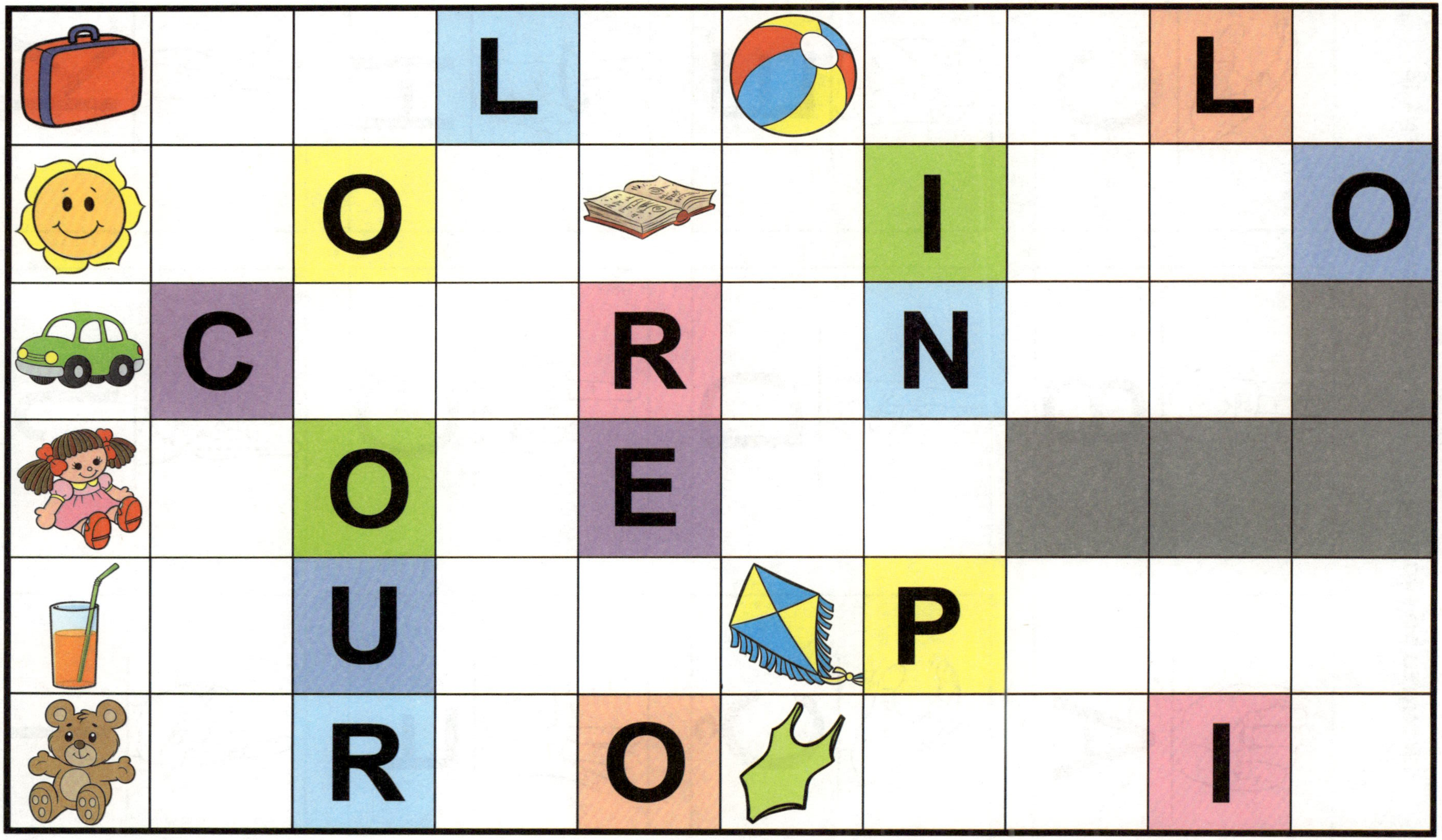
L L
O I O
C R N
O E
U P
R O I

ENCARTES DO PROJETO "ALFABETO NA LIBRAS", DA PÁGINA 16

 **L**	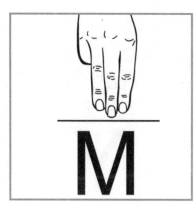 **M**	 **N**
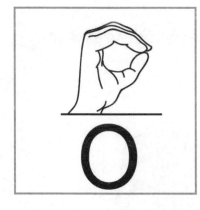 **O**	 **P**	 **Q**
 **R**	 **S**	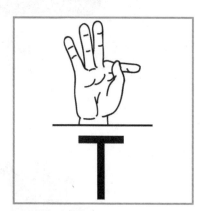 **T**
 **U**	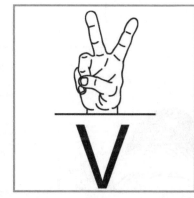 **V**	 **W**

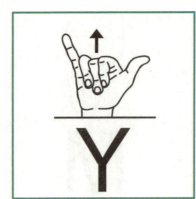

ENCARTES DO PROJETO "CAÇANDO E CRUZANDO PALAVRAS", DA PÁGINA 17

RESPOSTAS NA PÁGINA 126

RESPOSTAS NA PÁGINA 126

RESPOSTAS NA PÁGINA 126

RESPOSTAS NA PÁGINA 126

RESPOSTAS NA
PÁGINA 127

PERU PANETONE RABANADA PERNIL TORTA TENDER

R	E	C	T	B	V	É	G	G	I
T	R	T	W	U	O	N	I	O	U
A	R	A	B	A	N	A	D	A	O
O	E	I	N	L	O	G	I	R	L
T	O	R	T	A	G	E	D	B	I
R	A	L	X	T	F	V	C	N	A
E	L	G	A	A	E	E	T	A	R
F	E	A	S	T	R	N	I	O	E
I	T	X	U	I	A	O	N	N	D
C	B	E	R	R	C	T	L	E	N
U	T	B	E	A	I	E	I	S	E
I	S	I	P	T	E	N	H	S	T
B	I	E	F	N	G	A	A	R	M
A	C	C	O	P	A	P	T	E	U
G	A	P	E	R	N	I	L	A	L

RESPOSTAS NA
PÁGINA 127

UVA
AMEIXA
PÊSSEGO
CASTANHA
CAJU
NOZES

G	A	B	I	U	C	I	F	E	R	T	O	A	T	R
A	C	V	T	Y	A	O	H	I	A	Y	E	K	R	E
P	A	P	Ê	S	S	E	G	O	R	I	A	T	C	
G	M	F	H	E	T	N	S	A	X	B	N	J	W	T
R	E	N	T	A	I	T	A	T	A	L	A	U	B	
Y	I	G	E	I	N	A	N	O	Z	E	S	P	O	V
B	X	N	T	H	I	J	E	V	E	G	H	N	É	
L	A	I	A	H	A	L	N	I	T	C	D	I	U	
A	E	R	S	S	E	N	O	C	A	J	U	L	O	V
L	U	M	O	N	I	G	V	O	A	I	L	O	U	A

CARTAS DO PROJETO "SALADA DE FRUTAS", DA PÁGINA 18

ABACAXI
A

BANANA
B

LARANJA
L

MORANGO
M

MAÇÃ
M

MELÃO
M

80

MARACUJÁ
M

MAMÃO
M

UVA
U

MELANCIA
M

LIMÃO
L

PERA
P

CAQUI

GOIABA

ENCARTES DO PROJETO "REPRESENTAÇÃO DO MUNDO", DA PÁGINA 19

ENCARTES DO PROJETO "MEIOS DE TRANSPORTE E MEIOS DE COMUNICAÇÃO", DA PÁGINA 20

AVIÃO
A

BARCO
B

BICICLETA
B

CAMINHÃO
C

CARRO
C

COMPUTADOR
C

TELEVISÃO — T

JORNAL — J

REVISTA — R

RÁDIO — R

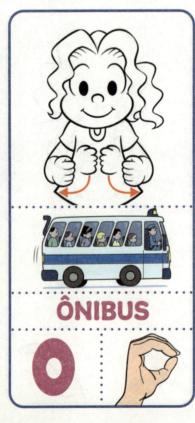
ÔNIBUS — O

TELEFONE — T

GALERIA DOS MEIOS DE TRANSPORTE

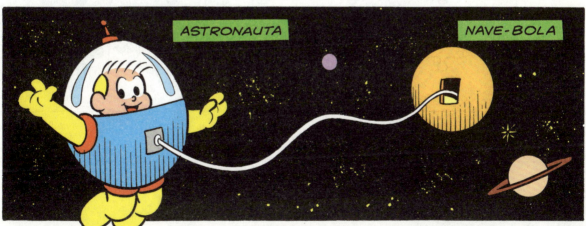

| ATIVIDADE DO PROJETO "ELEFANTE COLORIDO 1, 2, 3!", DA PÁGINA 21 |

JEREMIAS TROUXE UM DESAFIO PARA VOCÊ: OBSERVAR O QUEBRA-CABEÇA E ASSOCIAR AS CORES ÀS LETRAS PARA, DEPOIS, FORMAR PALAVRAS NO SENTIDO HORIZONTAL E ESCREVÊ-LAS NAS LINHAS ABAIXO.

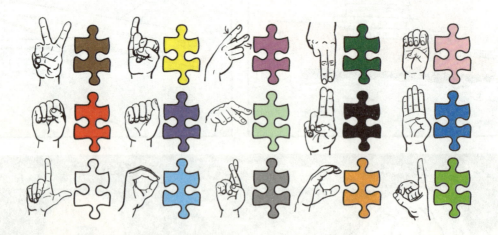

RESP.: VASILHA, CADERNO, DIVERSO, POLÍCIA, CABELOS.

_____   _____

_____   _____

_____

90

CARTAS DO PROJETO "FAUNAS BRASILEIRA E AFRICANA", DA PÁGINA 22

PAPAGAIO

P

PAPAGAIO

P

TAMANDUÁ

T

TAMANDUÁ

T

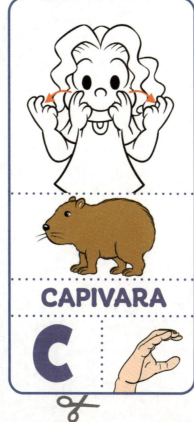

CAPIVARA

C

CAPIVARA

C

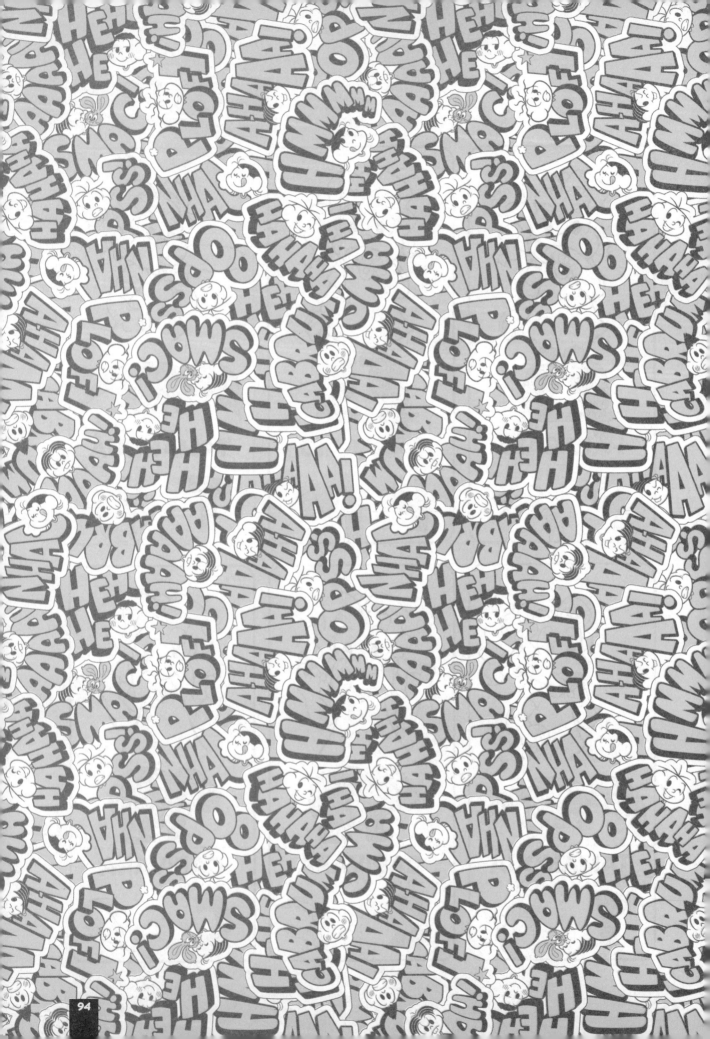

JACARÉ
J

JACARÉ
J

ONÇA
O

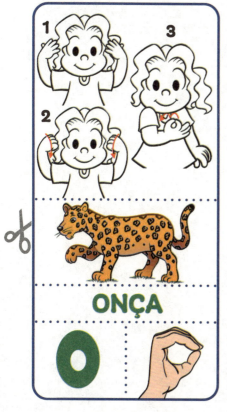
ONÇA
O

TUCANO
T

TUCANO
T

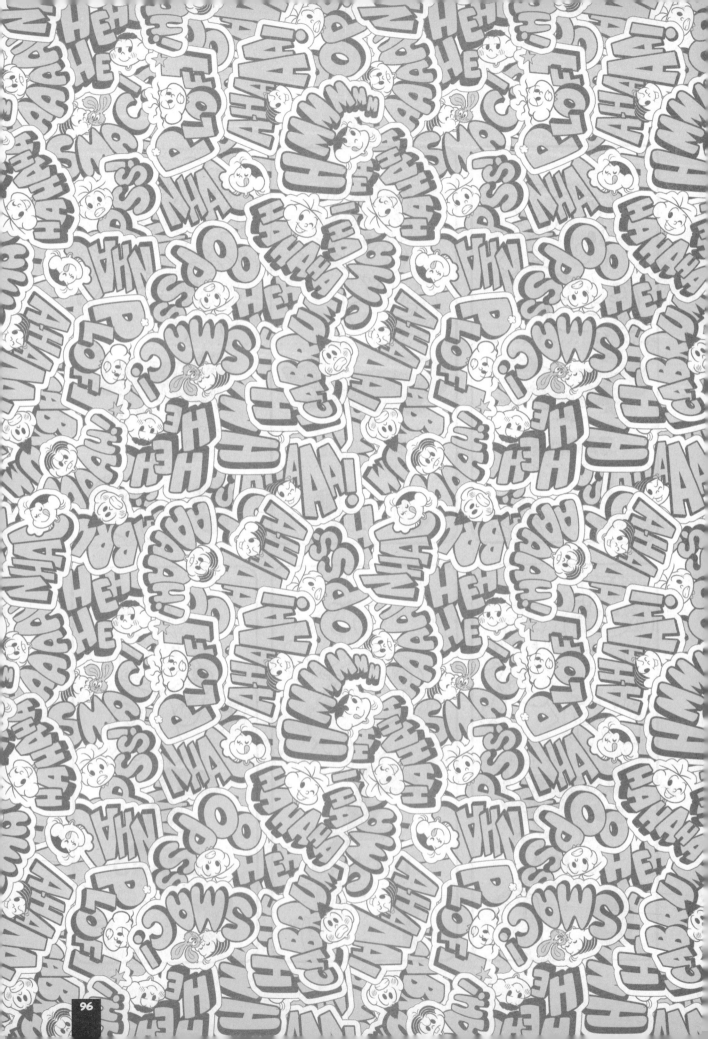

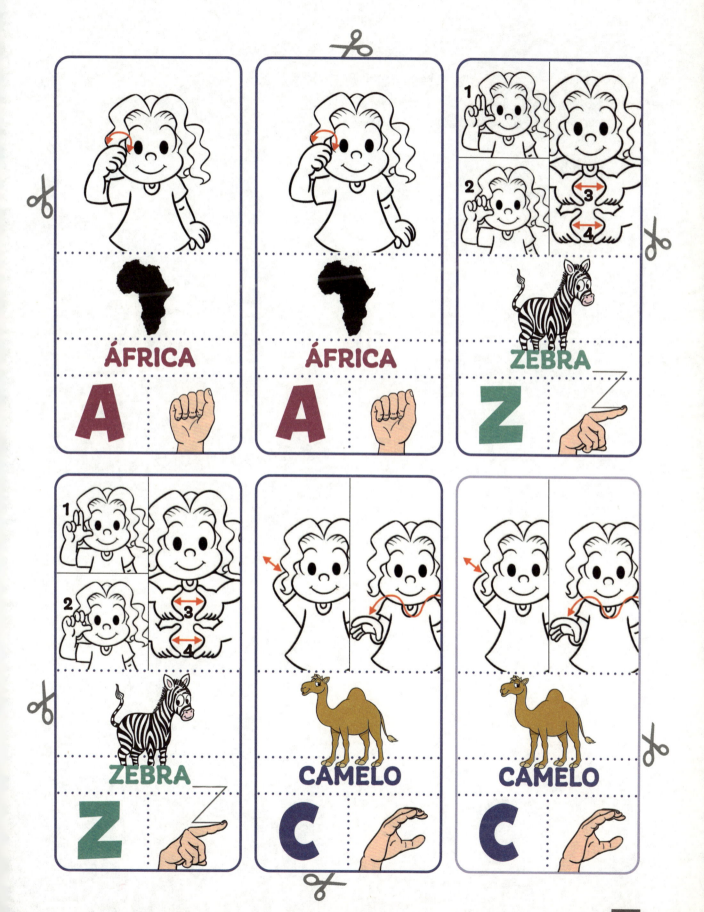

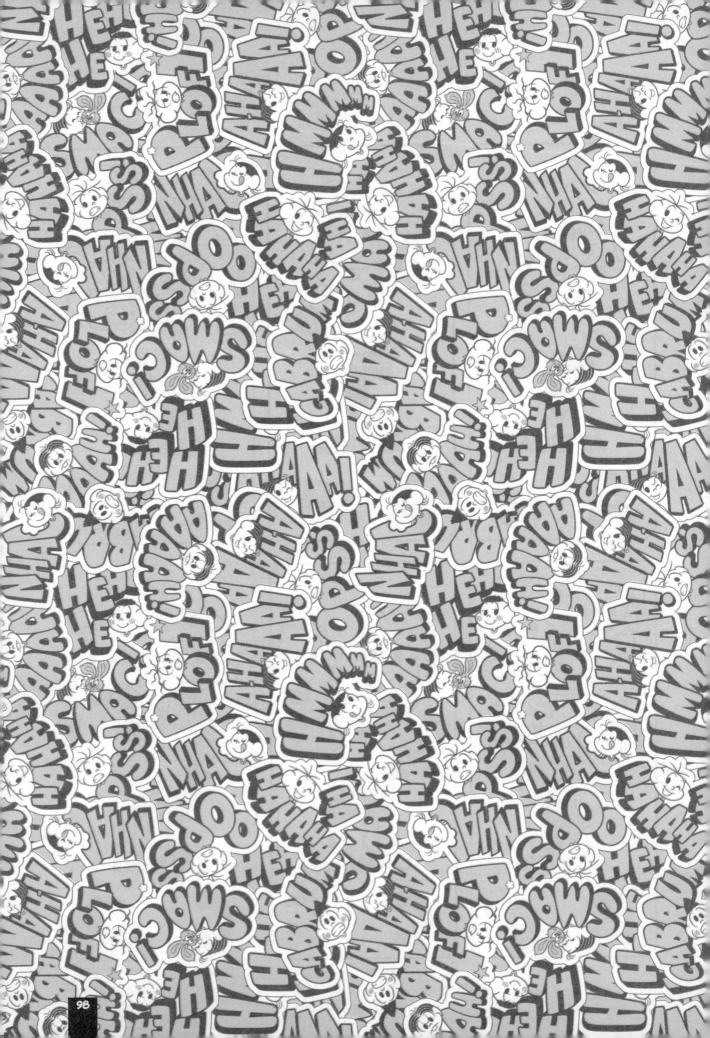

CHIMPANZÉ
C

CHIMPANZÉ
C

ELEFANTE
E

ELEFANTE
E

1 2
GIRAFA
G

1 2
GIRAFA
G

99

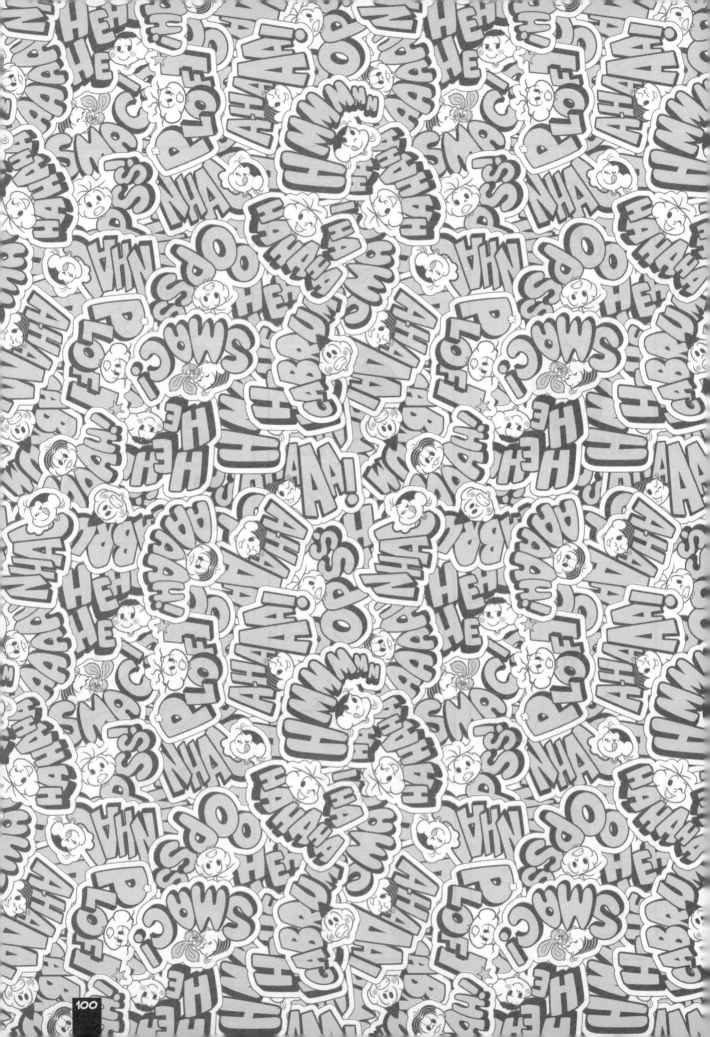

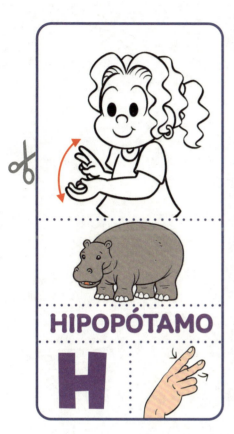
HIPOPÓTAMO
H

HIPOPÓTAMO
H

LEÃO
L

LEÃO
L

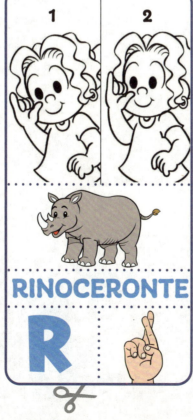
RINOCERONTE
R

RINOCERONTE
R

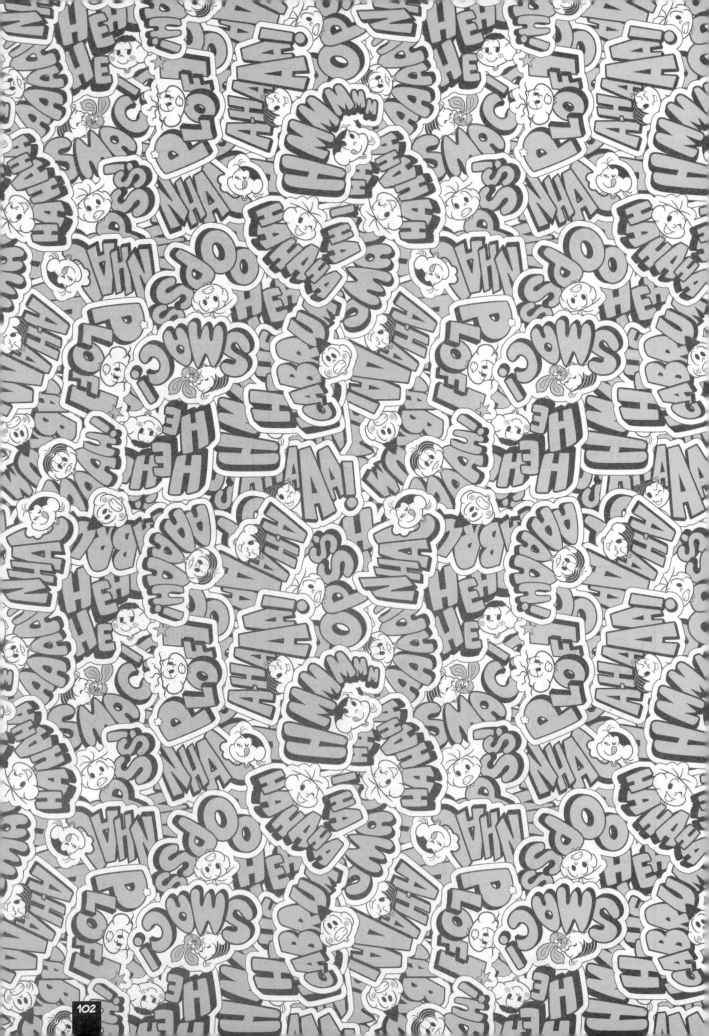

CARTAS DO PROJETO "MINHA ORIGEM", DA PÁGINA 24

ALEMANHA
A

ESPANHA
E

ITÁLIA
I

ARGENTINA
A

BOLÍVIA
B

CHINA
C

103

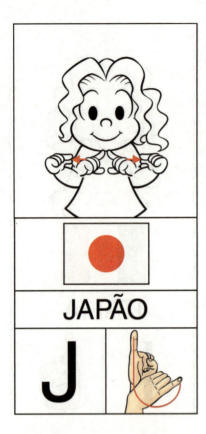
JAPÃO
J

PORTUGAL
P

ARÁBIA SAUDITA
A

HOLANDA
H

ISRAEL
I

UGANDA
U

CARTAS DO PROJETO "CADA MOMENTO, UM SENTIMENTO", DA PÁGINA 26

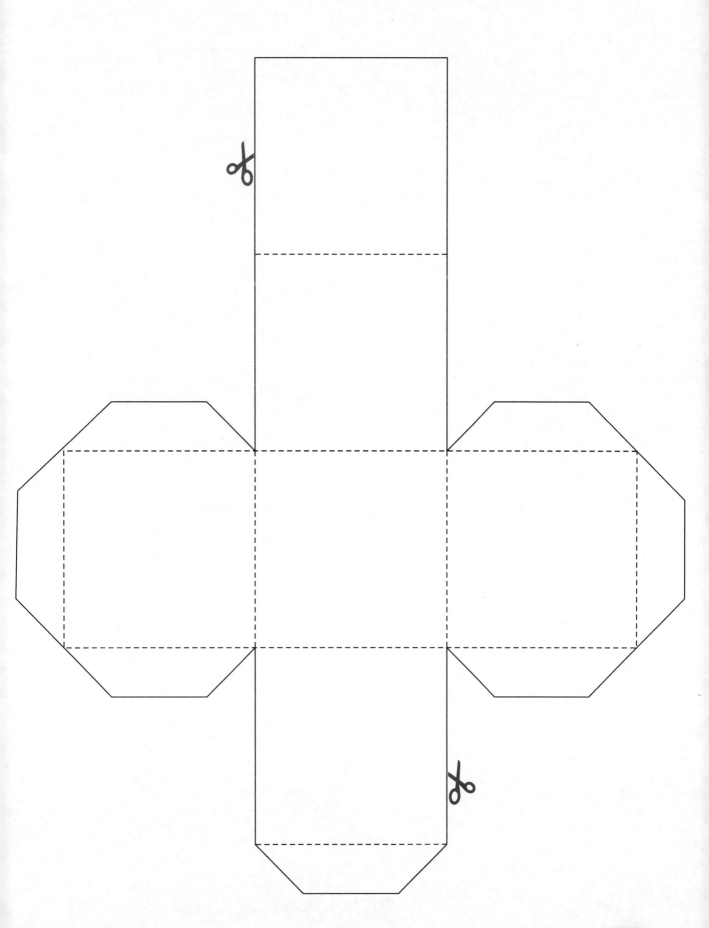

  **RAIVA**

  **GARGALHADA**

  **CHORO**

  **DÚVIDA**

  **TRISTEZA**

  **ALEGRIA**

  **CANSEIRA**

  **VERGONHA**

  **SUSTO**

  **SURPRESA**

CARTAS DO PROJETO "CONTANDO A HISTÓRIA", DA PÁGINA 27

111

CARTAS DO PROJETO "CRIANÇAS CIDADÃS", DA PÁGINA 28

OI

O

BOA NOITE

B

BOA TARDE

B

BOM DIA

B

BRINCAR — B

RIR — R

TCHAU — T

COM LICENÇA — C

ACORDAR

TUDO BEM

DORMIR

CHORAR

ENCARTES DO PROJETO "OS INDÍGENAS NA LIBRAS", DA PÁGINA 29

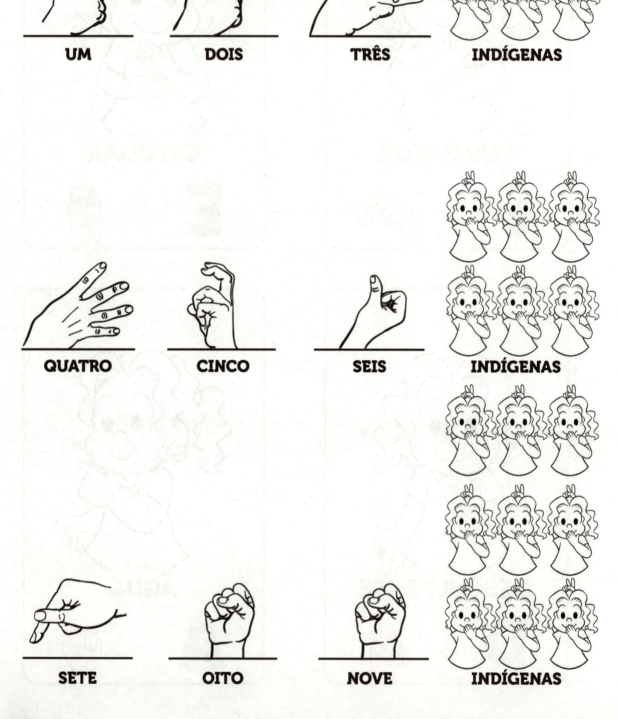

E O PEQUENO BOTE

DOS INDÍGENAS

QUASE VIROU

MAS

NÃO

VIROU

CARTAS DO PROJETO "O QUE O COELHO GOSTA DE COMER?", DA PÁGINA 29

123

CARTAS DO PROJETO "CAIPIRINHAS NA TRILHA", DA PÁGINA 30

ENCARTES DO PROJETO "SINALIZAÇÃO DA FESTA", DA PÁGINA 30

MILHO

CACHORRO-QUENTE

PIPOCA

PESCARIA

125

PÁGINA 79

G	A	B	I	U	C	I	F	E	R	T	O	A	T	R
A	C	I	S	T	B	T	E	L	A	O	E	R	R	E
P	C	E	I	B	E	X	A	G	L	R	I	A	T	C
E	O	F	P	E	R	U	S	A	X	T	N	B	W	T
R	P	N	T	A	R	I	T	A	T	A	L	A	U	B
N	A	G	E	I	C	A	R	E	F	G	O	N	O	V
I	P	A	N	E	T	O	N	E	V	E	G	A	N	É
L	T	I	A	H	I	L	N	N	I	T	C	D	I	G
A	E	R	S	S	E	N	O	A	N	B	R	A	O	G
L	U	M	T	E	N	D	E	R	A	I	L	O	U	I

PERU
PANETONE
RABANADA
PERNIL
TORTA
TENDER

PÁGINA 80

G	A	B	I	U	C	I	F	E	R	T	O	A	T	R
A	C	V	T	Y	A	O	H	I	A	Y	E	K	R	E
P	A	P	P	Ê	S	S	E	G	O	R	I	A	T	C
G	M	F	H	E	T	N	S	A	X	B	N	J	W	T
R	E	N	T	A	A	I	T	A	T	A	L	A	U	B
Y	I	G	E	I	N	A	N	O	Z	E	S	P	O	V
B	X	N	N	T	H	I	J	E	V	E	G	H	N	É
L	A	I	A	H	A	L	N	N	I	T	C	D	I	U
A	E	R	S	S	E	N	O	C	A	J	U	L	O	V
L	U	M	O	N	I	G	V	O	A	I	L	O	U	A

UVA
AMEIXA
PÊSSEGO
CASTANHA
CAJU
NOZES

**CONFIRA NOSSOS
LANÇAMENTOS AQUI!**

Camelot
EDITORA

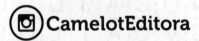